Памела Бутчарт живе у містечку Данді з чоловіком, маленьким сином і двома класними котами – Бером та Карлосом. Вона викладає філософію у старших класах і часто розмірковує над питаннями типу «Звідки мені знати, що я не робот?». Памела хоче відкрити розкішний готель для бездомних котів, коли виросте. Мабуть, назве його «Нявотель Люкс».

«ОБІД ДЛЯ ШПИГУНА» – це друга книжка Памели про пригоди Іззі та її друзів

AF669891

ОБІД ДЛЯ ШПИГУНА

ПАМЕЛА БУТЧАРТ

ARTBOOKS

Енді до нашого весілля

УДК 821.111(410)’06-93
Б 91

Серія «Читати — класно!»

Перекладено за виданням:
The Spy Who Loved School Dinners by Pamela Butchart
This translation of *The Spy Who Loved School Dinners* is published by arrangement with Nosy Crow Limited
First published in the UK in 2014 by Nosy Crow Ltd
The Crow’s Nest, 14 Baden Place,
Crosby Row, London, SE1 1YW

Перекладач з англійської Сергій Стець
Головна редакторка Марія Курочкіна
Випускова редакторка Олена Науменко
Літературна редакторка Оксана Батюк
Дизайнери Максіміліан Сергеєв, Денис Борисюк
Коректорка Віталія Євстіфеєва

Бутчарт П.
Б 91 Обід для шпигуна / Памела Бутчарт ; іл. Томаса Флінтема ; пер. з англ. Сергія Стеця. — К. : АРТБУКС, 2021. — 260 с.
ISBN 978-617-7940-63-9
Матільда, новенька у класі Іззі та друзів, дуже дивна — вона любить шкільні обіди, які ніхто не може їсти. Певно, вона шпигунка, яка збирається знищити школу!
УДК 821.111(410)’06-93

Літературно-художнє видання
Для молодшого шкільного віку
Памела Бутчарт, Томас Флінтем
Обід для шпигуна

Підписано до друку 4.06.2021
Формат 64x90/16
Умовн. друк. арк. 16,25
Наклад 3 000 прим. Зам. № 1766

ARTBOOKS

Видавництво «АРТБУКС»
Адреса для листування: 01004, м. Київ, вул. Велика Васильківська, 13/1, оф. 200
тел.: 0 (800) 30 90 03
Свідоцтво про внесення до державного реєстру видавництв ДК № 5019 від 01.12.2015
book@artbooks-publishing.com
www.artbooks.ua
artbooks.ua
publishingartbooks

Віддруковано «Типографія від “А” до “Я”»
Адреса: м. Київ, вул. Колекторна, 38/40
тел.: +38 (044) 562 41 42

ISBN 978-617-7940-63-9

ЗМІСТ

Цього разу мене навіть тато не врятує!

Іноді, коли мама мене сварить, тато захищає мене й каже: «Та облиш. Вона ж як краще хотіла. Зате в неї серце на місці. Правильно, Іззі?».

І я кажу: «Сподіваюсь!». Бо якщо ні, то воно ДЕ ЗАВГОДНО може бути! У руці,

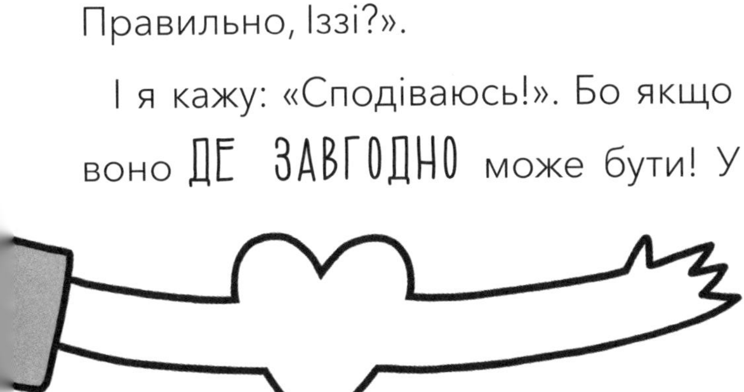

в коліні або навіть у великому пальці! А це страшнувато. А раптом лікарям треба буде знайти його, щоб перевірити, чи я жива? Де вони тоді шукатимуть?

Тато завжди це каже, коли заступається за мене перед мамою. Ну, просто я часом її ВИБІШУЮ. От як тоді, коли попросила її заплющити очі й підсунула багатоніжку, щоб вона її поцілувала. Я на бідосю випадково наступила, і в неї не стало двох ніжок. Але мама несподівано розплющила очі, бо багатоніжка їй носа полоскотала. Словом, мама заверещала й пожбурила її кудись. Після цього в неї ще одна ніжка відпала.

Я намагалася пояснити, що насправді хотіла підлікувати багатоніжку — коли я була маленька, мама цілувала мої ноженята, щоб вони росли. Але мама просто верещала. Тоді тато попросив мене викинути багатоніжку надвір. Я заплакала, бо знала, що моя Марта не виживе там без усіх своїх кінцівок.

Наступного разу я вибісила маму, коли тато захворів і я вирішила нагріти йому молока. Тато сказав, що воно якесь зеленувате і в нього дивний смак, але я звеліла випити, бо там багато КОРИСНИХ РЕЧОВИН.

І тоді мама закричала: «Іззі, ану бігом спустися сюди!». Вона сказала, що НЕ

МОЖНА було кип'ятити молоко в чайнику і **ТИМ БІЛЬШЕ** не можна було кидати туди броколі. Вказавши на дим із чайника, вона звеліла більше **НІКОЛИ В ЖИТТІ** не наближатися до кухні.

Але одного разу навіть тато не зміг урятувати мене від **ХАЛЕПИ**. Тоді це було пов'язано зі шпигуном, який любив шкільні обіди, Францією, кораблем «Діскавері», морозивом та цингою (це така смертельна хвороба шкіри). Усе було **ДУЖЕ СЕРЙОЗНО!**

А Джоді (моя подруга) так узагалі каже, що ми ледве вижили!

Новенька

Усе почалося, коли наша вчителька міс Джонс сказала, що до нас прийде новенька. Вона француженка, ну, тобто із Франції, і звати її Матільда (майже як Матильда, але через «і», щоб більш по-французьки звучало).

Поява новенької нас НЕАБИЯК вразила. Ну прикиньте, вона з іншої країни!

Перед приїздом Матільди міс Джонс провела нам багато уроків французької і роздала всім словники, щоб ми шукали там почуті від новенької незнайомі слова.

Міс Джонс розповіла, що Матільда добре говорить по-нашому і знає багато слів. Але попросила, щоб ми теж час від часу ввертали французькі слівця – так новенька почуватиметься як удома, та й ми іноземну підтягнемо.

Я дуже зраділа, що Матільда знає багато наших слів. Бо з французькою, якщо

чесно, у мене не дуже. А так хоч трохи перемовлятися зможемо! Страшенно кортить спитати, чи була вона в паризькому Діснейленді. І чи їла жаб'ячі лапки й равликів. Тато каже, що французи таке наминають, аж за вухами лящить.

Почувши татові слова, мама роздратовано пирхнула.

– Не мели дурниць, Стюарте!

Мого тата звуть Стюартом, якщо ви не знали.

– Якщо людина приїхала з Франції, це ще не означає, що вона там тільки жаб'ячі лапки їла! Так само й про тебе можна подумати: якщо ти – шотландець, то об'їдаєшся баранячими шлунками й завжди ходиш

у тій вашій чоловічій спідниці, що зветься кілт!

– НІКОЛИ в житті не їв баранячого шлунка! – розреготався тато. – І свій кілт я НЕНАВИДЖУ!

– Отож! – мама кинула в тата картатою шкарпеткою і вийшла.

Тато трохи подумав і сказав, що мама, мабуть, права: Матільда могла НІКОЛИ й не куштувати жаб'ячих лапок ЧИ равликів. І додав, що то він пожартував, але не дуже вдало. А я вирішила, що все-таки запитаю в новенької про равликів. Ну, щоб уже напевно знати. У нашому садку їх ПОВНО, я б могла їй цілу коробку назбирати. Я цих равликів недолюблюю, якщо чесно. Але їсти їх точно не стала б.

Словом, у п'ятницю міс Джонс попросила мене залишитися після уроку, щоб на перерві обговорити приїзд Матільди. Вчителька хотіла, щоб я ПРИГЛЯНУЛА за новенькою і пересвідчилася, що вона добре влаштувалася. Я пообіцяла, що пригляну, і ледь не запищала від радості. Це ж так КРУТО! У нашому класі ВСІ хотіли подружитися з француженкою, і я не могла дочекатися дзвінка, щоб розповісти Закові, Джоді та Мейзі. Я беру Матільду під крило!

Зак, Джоді та Мейзі — це мої друзі, якщо ви не в курсі. Ми із Заком сусіди, він живе поверхом нижче. Мама каже, ми ще з пуп'янка дружимо. А із Джоді я потоваришувала в першому класі. Коли мама привела її до школи вперше, Джоді не хотіла її відпускати й намертво вчепилася в ногу. Нам із Заком тоді довелося пальчик за пальчиком розтискати її залізну хватку.

Мейзі – наша нова подруга. Донедавна ми не дуже спілкувалися, але два з лишком місяці тому разом пережили **СИЛЬНИЙ СТРЕС**, коли нам здалося, що в міс Джонс вселився прибулець.

Я раніше думала, що Мейзі трохи дивна, бо вона вічно непритомніла і все таке. А ще мені здавалося, що вона страшенна боягузка. Тепер же я знаю, що вона класна.

Словом, я всім розказала, що тепер опікуватимуся Матільдою. Зак запропонував показати їй Комірку, але Джоді сумнівалася, чи варто.

Комірка – це наша таємна кімната, про яку ніхто не знає. Вона під сходами, що ведуть до туалету. Ми там проводимо таємні збори й усе таке, ну, ви розумієте. У Комірці є прикольні речі: крейда, раковина й навіть чайник! Здається, тут колись снідав наш колишній прибиральник. І заодно від директора ховався, бо недолюблював його. Тепер старенький на пенсії, а ключ від Комірки лишився у нас. Та ми двері все одно не зачиняємо, бо, крім нас, про цей закапелок не знає ніхто. А ще ми ключа загубили, але то таке.

Про що це я? А, точно. Словом, я сказала Джоді, що нам ДОВЕДЕТЬСЯ розповісти Матільді про Комірку, вона ж НІ НА КРОК від мене не відходитиме. І додала, що МУШУ навідуватися до Комірки, бо тут у мене важливі справи: я годую міль, малюю план басейну, який ми копаємо за сарайчиком — Матільді доведеться бути поряд.

Проти цього Джоді заперечити не могла, тому просто кивнула.

Отож ми зробили плакат з написом «ВІТАЄМО, МАТІЛЬДО!» й повісили його на стіну. А ще прибрали трохи. Навіть пилюку з відра витерли, щоб новенька мала де сісти. А потім повернулися в клас.

Привіт, так, нога!

У понеділок міс Джонс сказала, що містер Мерфі (наш директор) о 10 годині приведе Матільду в клас. А ще вона сказала, що я сидітиму з нею і відповідатиму за купу важливих справ: говоритиму, водитиму її на обід і до туалету. Міс Джонс звеліла розповісти Матільді про наш проєкт із дослідження Антарктиди. Ми вивчали, які тварини живуть в Антарктиді, хто її досліджував, яка там погода. Про останнє можу сказати одне: там така ХОЛОДРИГА, що можна дуба врізати, якщо рукавичка випадково злетить.

Я дуже зраділа, що мене вибрали приглядати за Матільдою, і добре ПІДГОТУВАЛАСЯ до зустрічі з нею. Навіть попросила тата відвезти мене до магазину, де купила пенал, олівці й гелеву ручку, щоб поділитися з Матільдою, якщо в неї не буде свого приладдя.

А ще я натерла до блиску красиві шкільні черевики, і мама навіть попрасувала мені шкарпетки, щоб у мене був ПРОФЕСІЙНИЙ вигляд. А як ви хотіли? Мейзі он узагалі сказала, що я вже майже вчителька.

Перед сном я намалювала портрет Матільди. Мені подумалося, що вона має темне волосся, голубі очі й зелений светр із равликом. Потім я поклала олівець у пенал і лягла спати.

Про що це я? А, точно. Словом, я ніяк не могла дочекатися десятої години. Батарейки в годиннику, мабуть, почали барахлити, бо урок ТЯГНУВСЯ цілу вічність. Я вже хотіла попросити міс Джонс полагодити годинник, аж тут у дверях з'явився містер Мерфі з якоюсь ДУЖЕ високою дівчинкою.

Спочатку я й не допетрала, що то Матільда. Вона була височенною, і мені здалося, що то хтось зі старшокласників.

Але за мить містер Мерфі сказав:

– Доброго ранку, 4-Б! Це Матільда.

Я була в ШОЦІ, бо ця дівчинка виявилася

довготелесою, з коротким білявим волоссям і зовсім НЕ СХОЖОЮ на мій малюнок.

А тоді всі дуже повільно проказали: «П-Р-И-В-І-Т, М-А-Т-І-Л-Ь-Д-О», як нас і вчила міс Джонс. Вчителька потисла Матільді руку і помахала мені, щоб я підійшла. Містер Мерфі якось дивно на мене глянув і щось прошепотів міс Джонс.

Вона лише всміхнулася і попросила мене відрекомендуватися.

Але я забула, як це зробити французькою, тому просто сказала: «Привіт, я Іззі» й потисла новенькій руку, як це зробила міс Джонс. А що я ще мала робити?

Містер Мерфі знову якось дивно зиркнув на мене, і я всміхнулася йому, як міс Джонс (зараз я взагалі не розмовляю з директором, але про це розкажу згодом).

Коли містер Мерфі пішов, міс Джонс почала вести урок дуже ПОВІЛЬНО, щоб Матільда все зрозуміла. І навіть вставляла французькі слова. Часом вона забувала їхнє значення, і тоді їй доводилося зазирати у словник.

Слова міс Джонс пролітали мимо вух – я все думала, якою ВИСОКОЮ виявилася Матільда, яке в неї КОРОТКЕ волосся і як вона відрізняється від моїх уявлень про неї. А тоді я ще раз поглянула на новеньку й побачила довгі нігті з пурпуровим лаком. Дівчаткам у нашій школі НЕ МОЖНА фарбувати нігті. Принаймні відтоді як ми робили тістечка на шкільний ярмарок. Джоді тоді позичила в мами накладні нігті

й приклеїла їх на жуйку. Не помітивши, як котрийсь із тих нігтів упав у тісто, вона вимісила його і спекла. А тоді мама Лінсі Перрі знайшла в лимонному тістечку синій ніготь і зарепетувала, що могла ним

НА СМЕРТЬ ВДАВИТИСЯ!

Відтоді лак, накладні нігті і ярмарки з продажу тістечок у нас заборонили, ще й листи з попередженням усім батькам розіслали. Тепер мама щонеділі обрізає мені нігті. І нашому котові теж, та ще й тими самими кусачками. Думаю, це якось не дуже ГІГІЄНІЧНО. Мабуть, через те я й підхопила тонзиліт.

Про що це я? А, точно. Словом, я діста-ла гелеву ручку й написала на останній сторінці блокнота отакий список:

ЩО ТРЕБА СКАЗАТИ МАТІЛЬДІ

1. Нігті, лак і тістечка – заборонені.

А тоді я помітила на Матільді колготки тілесного кольору, а нам їх теж не можна носити! Можна тільки чорні, сірі, червоні або білі, іноді можна з голими ногами (якщо літо), але колготки тілесного кольору вдягати до школи не дозволяють. Якщо чесно, я і сама не знаю чому. Тому я їх теж додала в список, а вже тоді почала слухати, що каже міс Джонс.

На перерві я підійшла до Матільди.

– Хочеш побачити нашу Комірку?

Новенька промовчала, тому я просто взяла її із собою.

На місці нас уже чекали Зак, Джоді та Мейзі. Зак прикинувся, що ставить чайник, і пообіцяв пригостити нас чаєм.

Зак любить робити чай, але чайник нам гріти не можна, та й чашок усього три штуки лишилося – Зак одну розбив. Ми всі якось не дуже любимо чаї ганяти, тому просто тримаємо чашки в руках і прикидаємося, що п'ємо.

Ми дали Матільді чашку, вона глипнула на неї й нічого не сказала.

– Тобі подобається наша Комірка? – запитала я.

Ми поглянули на новеньку, чекаючи, що ж вона скаже. Але вона знову промовчала.

– З Т-О-Б-О-Ю В-С-Е Г-А-Р-А-З-Д? – дуже повільно й ДУЖЕ голосно запитала Джоді.

Матільда як води в рот набрала.

– Може, з нею треба французькою заговорити? – припустила Мейзі.

Але жоден з нас не міг пригадати чогось путнього, крім «бонжур» (це «привіт»), «ві» (це «так») та «жамб» (це по-їхньому «нога»). Ми почали навперебій вимовляти ці слова, але Матільда тільки ще більше витріщалася!

А тоді Мейзі сказала, що Матільда, мабуть, злякалася. Зак запропонував показувати на вітальний плакат і багато всміхатися. Так ми й зробили. Схоже, це ще БІЛЬШЕ налякало новеньку, тому ми перестали всміхатися і відвели її назад до міс Джонс.

Я пояснила вчительці, що з Матільдою щось не так, бо вона ще жодного слова французькою чи по-нашому не сказала.

Тоді міс Джонс вирішила сама розговорити Матільду. Нічого не вийшло. Та просто мовчки глипала, навіть коли міс Джонс ціле речення французькою видала.

Тоді вона сказала, що якщо Матільда зараз не хоче розмовляти – це геть не страшно, бо вона ще соромиться, і нам усім треба запастися терпінням.

Але в мене запаси терпіння мізерно малі, як каже мама. Пам'ятаю, вона колись зробила шоколадних Вінні-Пухів на шкільний ярмарок. Ну, ще до того, як ті ярмарки заборонили. Так от, я НЕ МОГЛА дочекатися, доки вони захолонуть і затверднуть, тому тягала формочки з холодильника й потрошку надпивала з кожної ще теплий шоколад. Коли мама вранці вийняла їх, то в усіх Вінні-Пухів не

було цілих ніжок, а у Віслючка Іа – голови.

– Можеш тепер їх усі з'їсти, – сказала тоді мама. – Навряд чи хтось заплатить за цих калік!

Так я і зробила, але застиглий шоколад смакував уже зовсім не так.

Словом, я постаралася ЗАПАСТИСЯ терпінням із Матільдою. Всього двічі запитала її про паризький Діснейленд, жаб'ячі лапки і равликів. А коли вона промовчала, то ще двічі повторила запитання. Ото й усе. Але вона ВСЕ ОДНО не відповіла.

То я й замовкла. Навіть подумала, що міс Джонс помилилась і Матільда жодного слова по-нашому не знає. І французькою теж. Або це якась не та Матільда і є інша, правильна. Ну така, невисокого зросту, з темним волоссям і голубими очима, яку помилково відправили до іншої школи. Я вже збиралася розповісти про це вчительці, але продзвенів дзвінок на велику перерву.

Матільда нас ненавидить

Те, що сталося на обіді, просто в голові не вкладалося. Ми повели Матільду в їдальню, всілися, і я відразу перевірила, чи є в неї все необхідне: ніж із виделкою, сік і молочний коктейль. Але щойно ми почали їсти, новенька забрала свою тацю й пішла геть!

– Матільдо! Ти куди? – гукнула я. – Тобі ТРЕБА ПІ-ПІ?

Матільда мене проігнорила й пішла далі. Вона почала обідати, лише коли всілася сама в протилежному кутку їдальні!

Спершу я подумала, що їй зараз влетить від місіс Кід (нашої злої обідньої наглядачки), бо вона зазвичай не дозволяє пересідати. Місіс Кід стоятиме над душею, поки ти не доїси все ДО КРИХТИ. А ще вона

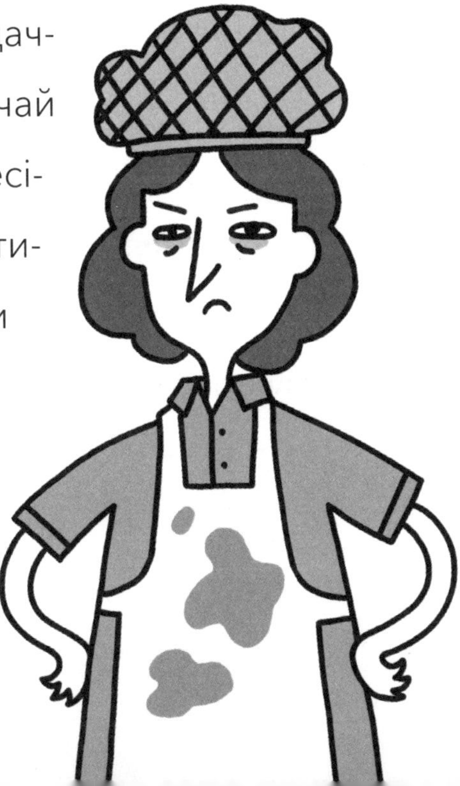

любить примовляти: «Це вам НЕ фуршет, щоб стоячи їсти! Ану сядьте бігом!» або «ХІБА ДЕСЬ НАПИСАНО, ЩО МОЖНА БРАТИ ЇЖУ З СОБОЮ?». Словом, наглядачку теж треба буде внести в список того, про що варто розказати Матільді.

– Що вона чудить? – запитав Зак.

Я відповіла, що не знаю.

– Мабуть, вона нас ненавидить, – припустила Джоді.

Я тоді сильно засмутилася, бо ніяк не могла второпати, чому їй нас ненавидіти. І чому вона відсіла. І чому не відповідала на жодне моє запитання і взагалі СЛОВА мені не сказала. Тоді я знову подивилася на новеньку й побачила, що вона записує щось до невеличкого чорного блокнота.

Після обіду ми повернулися в клас, і Матільда вже була там. Однак сиділа за іншою партою.

Я про все розповіла міс Джонс. Про те, що сталося на обіді, про те, що я взагалі не зробила

НІЧОГО ТАКОГО, що могло б засмутити Матільду. Я всього лише доїла свій обід і ще разочок запитала її про равликів.

– Нічого страшного, – сказала міс Джонс. – Якщо Матільді хочеться побути на самоті, то нехай.

То я пішла і всілася за парту. І навіть не глянула на новеньку. Якщо вона не хоче зі мною дружити, то і я з нею не буду.

L’cola

У вівторок міс Джонс сказала, що треба намалювати плакати про свою улюблену антарктичну тварину.

Я хотіла взятися за пінгвінів, але потім передумала. Вони нагадували про сварку з моїм дядьком Лу з Лондона, яка сталася на цих вихідних (він може неабияк ДРАТУВАТИ, хоча загалом класний і подарунки приносить).

А погиркалися ми з дядьком ось чому. Він подарував мені пенал з полярними ведмедями, сказавши, що це згодиться для проєкту про Антарктиду. Я відповіла, що пенал класний, та ще й один ведмідь дуже на Зака схожий, але до мого проєкту він стосунку не має, бо білі ведмеді в Антарктиді не живуть. Дядько Лу почав з мене сміятися.

– Та ясно, що живуть, – уперся він.

– Ні, не живуть, – заперечила я.

Мама втрутилася і сказала, що це неважливо. А я сказала, що важливо, бо дядько Лу помиляється щодо ведмедів.

А тоді дядько Лу сказав, що я ДУРНЕНЬКА. І це мене страшенно вибісило. Потім він додав, що Антарктида – це найхолодніше місце на планеті, де живуть пінгвіни й білі ведмеді. Я сказала, що він правий щодо холоду й пінгвінів, але щодо білих ведмедів – ні. Але дядько Лу все одно мені не повірив! Я пояснила, що вони ЗА ЖОДНИХ УМОВ не можуть жити разом, бо між ними така відстань, що й уявити важко. Навіть дядько Лу і то ближче до нас живе! Мама тоді звеліла мені піти на кухню й поставити чайник, щоб вона зробила нам усім чаю. А я нагадала, що мені більше НІКОЛИ В ЖИТТІ не можна наближатися до кухні. Дядько Лу сказав, що покопається в інтернеті й доведе, що він має рацію, а я помилилася. Ну, він погуглив, і виявилося, що права таки я. Але я все одно подякувала за пенал.

Про що це я? А, точно. Словом, Мейзі вирішила робити плакат із горбатим китом, бо вони дуже милі і покидають

Антарктику лише в найхолодніші місяці. Мейзі каже, що так само робила б, якби там жила. Вона взагалі страшенно боїться холоду і до школи ходить у двох куртках.

А Джоді не сказала, яку тварину малюватиме. Навіть плакат свій рукою затулила – вона любить повипендрюватися.

А за хвилину заявила, що їй потрібні всі чорні фломастери, і так ми зрозуміли, що Джоді вибрала імператорського пінгвіна. Інших кольорів, крім чорного та білого, для пінгвіна не треба, а білого фломастера навіть у наборі нема.

Я сказала, що малюватиму плакат про КРИЛЬ, бо це навіть звучить прикольно. Зак вирішив презентувати МОРСЬКОГО ПАВУКА (мені він теж подобався, і мене трохи зачепило, що Зак його взяв собі). Але міс Джонс сказала, що ми із Заком можемо працювати в парі і зробити здоровецький такий плакат про різних ракоподібних мешканців Антарктики. Ракоподібні – це такі чудернацькі, геть не схожі на риб морські тварини, типу, краби, креветки, криль і всяке таке.

От, значить, малювали ми наші плакати, і Зак встав поточити олівця (насправді нічого точити не треба було, він просто хотів нишком роздивитися роботи інших). Коли Зак перестав удавати, що точить олівець, і повільно подався назад, він проминув парту Матільди. Я помітила, як він зазирнув їй через плече в чорний блокнотик, куди вона постійно щось записувала. І ОТЕТЕРІВ!

Повернувшись, він нічого не сказав, тільки ШИКНУВ і схопив мою ручку. Долоні його були геть спітнілі, а це означало, що ситуація серйозна, можливо, навіть є загроза життю.

Зак записав усе, що побачив у блокноті Матільди:

Хоч ці слова французькі, а я в ній не дуже шарю, навіть моїх мізерних знань вистачило, щоб зрозуміти – там ідеться про

Але Джоді зауважила, що записані Заком французькі слова можуть по-нашому означати дещо зовсім інше, типу, не «секретний план», а «салатний пан». Ми похапали словники й почали шукати. А ні, все правильно. Таки СЕКРЕТНИЙ ПЛАН.

Я тут же відзначила, що була права, а Джоді помилялася. Її це чогось вибісило. Джоді сказала, що коли вже я така розумна, то можу сама перекласти решту слів, якщо мені так французька ПОЛЮБИЛАСЯ.

– ОТ І ПЕРЕКЛАДУ! – огризнулася я.

Джоді сказала, що більше не збирається морочити собі голову дурнуватими французькими словами, і сіла за свою парту.

Як на зло, L'COLA у словнику не знайшлося, тож ми не могли дізнатися, в чому суть того секретного плану Матільди.

Але тут повернулася Джоді, бо ВОЧЕ-ВИДЬ усе чула, і порадила запитати міс Джонс.

– А я думаю, що оце l'cola так і перекладається – кола. Ну, як напій. А буква «l» там просто тому, що це якась французька фішка, – озвалася Мейзі.

Я чогось не дуже повірила в те, що Матільда стала б розробляти якийсь план, пов'язаний з колою, бо самої коли ніде не бачила, та й новенька жодного разу її не пила. Дурня якась.

Коротше, ми вирішили запитати міс Джонс. Вона дуже зраділа, бо подумала,

що Матільда нарешті заговорила й ми те слово почули від неї. Я сказала, що новенька досі мовчить як риба. І додала, що мені якось здалося, ніби вона сказала «качки», але то вона просто чхнула.

Вчителька глянула на слово, і їй теж здалося, що то «кола». Але ми сказали, що так НЕ ДУМАЄМО, і запитали, чи можуть у цього слова бути якісь інші значення.

— А ви впевнені, що воно правильно написане? — поцікавилася міс Джонс, ще раз поглянувши на загадковий набір букв.

Ми всі подивилися на Зака.

– Так, я впевнений.

Я добре знаю Зака, тому мене гризли сумніви. Інколи зір його підводить, і мені взагалі здається, що йому окуляри не завадили б.

Точнісінько як того разу, коли мама повела нас у кіно. Перед сеансом я пішла в туалет і, коли вийшла помити руки, побачила Зака біля СУСІДНЬОЇ раковини. Від несподіванки ми обоє скрикнули, а потім я заверещала:

– Ти в ДІВЧАЧОМУ туалеті!

– А от і НІ! Це ти в ХЛОПЧАЧОМУ!

Тут двері відчинилися і зайшли дві тітоньки. Вони так витріщилися на Зака, що до

нього нарешті дійшло, що він СПРАВДІ опинився в дівчачому туалеті, бо не роздивився табличку на вході. Зак прожогом кинувся геть і ледь не впав. А я сміялася йому вслід.

Про що це я? А, точно. Я сказала міс Джонс, що слово МОЖЕ бути неправильно написане.

– Добре, заждіть, – звеліла міс Джонс і сіла за комп'ютер.

Міс Джонс класно шарить у компах. Вона завжди швидко знаходить відповіді на всі наші запитання типу «Хто з тварин найволохатіший?», «Де з'явився перший хом'як?» чи «Скільки індиків живе в Індії?».

– Ага! – несподівано вигукнула вона.

Потім виписала на папірчик французьке слово й запитала Зака, чи то ЙОГО він мав на увазі.

– Ой, точно, – промимрив Зак, глянувши на папірець.

Там було слово L'ECOLE.

Міс Джонс сказала, що то «школа» французькою, після чого нагадала, що ми повинні малювати плакати. Але ми спершу виписали всі слова:

– Вона має якийсь секретний план щодо **НАШОЇ** школи! Ось чому вона тут! – здогадалася Джоді.

Тоді ми зрозуміли, що все дуже **СЕРЙОЗНО**.

– Хоч би це не прибульці були. Будь ласка, будь ласка, БУДЬ ЛАСОЧКА!

Мейзі досі мучать кошмари про прибульців. Навіть коли вона не спить.

Я сказала, що навряд чи то прибульці, тут скоріше відгонить ШПИГУНАМИ – це вони постійно шмигають з блокнотами й секретними планами. А ще вони зазвичай французи.

Я глибоко вдихнула й поділилася страшним здогадом:

– Мені здається, наша новенька – ШПИГУНКА!

Шкільна шпигунка

Після обіду ми вирішили очей не зводити з Матільди. Бо Джоді сказала, що як раптом новенька ТАКИ виявиться шпигункою, яка рознюхує щось про нашу школу, то нам слід знати, нащо це їй. Якщо це стосується НАШОЇ школи, значить, стосується нас.

Джоді сказала, що треба вести за нею

СТЕЖЕННЯ.

Це означало, що я мушу десять хвилин слідкувати за Матільдою і записувати все, що вона робить. На наступні десять хвилин мене підмінить Джоді, за нею – Мейзі, потім Зак.

Коли я стежила за Матільдою, то встигла занотувати таке:

13:30 Малює плакат

13:31 Малює плакат

13:32 Досі малює плакат

13:33 Щойно глянула на мене!

13:34 Знову малює плакат

13:35 ЗНОВУ подивилася на мене!

13:36 Досі дивиться!

13:37 Підняла руку

13:38 Вказала на мене

13:39 Тепер міс Джонс теж на мене дивиться

13:40 Міс Джонс сказала, щоб я перестала витріщатися на Матільду й зайнялася ділом

Стеження довелося припинити. Ми мусили придумати, що робити далі. Зак запропонував ще раз зазирнути до блокнота новенької, але я була проти. Шукати у словнику незнайомі французькі слова – це довго. І нудно.

А тоді Мейзі сказала, що треба ТЕРМІНОВО з'ясувати, чого Матільда за нами шпигує, щоб встигнути зупинити її. Схоже, Мейзі при цьому нудило. Тож ми вирішили провести **ТЕРМІНОВІ ЗБОРИ** й узгодити подальші дії.

Зазвичай ми проводимо таємні збори в Комірці, але Джоді сказала, що Комірка тепер **СКОМПРОМЕТОВАНА**. Це означає, що там уже не можна збиратися, бо Матільда в курсі про це місце.

Джоді взагалі знає море класних слів, пов'язаних із таємними місіями й поліцією, бо колишній кавалер її мами був копом. Нинішній бойфренд розвозить морозиво, і тому Джоді він подобається більше.

Ми всі думаємо, що Джоді має стати поліцейською, бо в розслідуваннях із нею навіть копи не зрівняються. А їй, на хвилиночку, всього вісім років! Та коли до нас на урок приходили поліцейські і розпитували, хто хотів би в майбутньому стати правоохоронцем, Джоді чогось промовчала. Коли я запитала чому, вона відповіла, що руку не підняла, бо хоче стати мисливицею на привидів.

Про що це я? А, точно. Словом, Мейзі ні з того ні з сього запропонувала провести збори в неї вдома. Це нас трохи приголомшило, бо ми ніколи раніше в неї не бували. Ми погодилися, і Мейзі аж засяяла. Та я й сама зраділа, що тут скажеш.

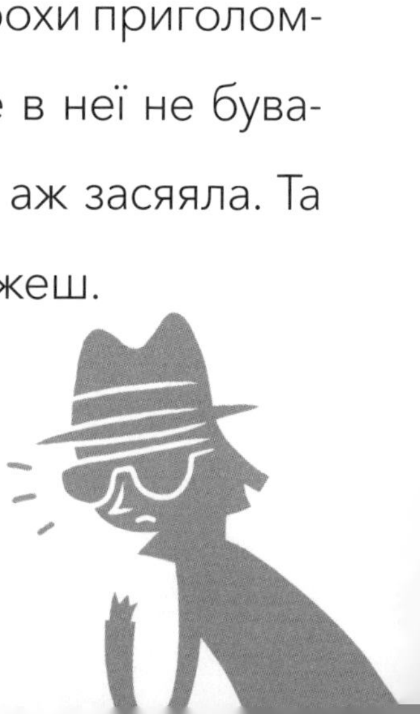

Хороми Мейзі

По обіді мама Джоді повезла нас до Мейзі, бо та реально далеко живе. Щоранку їй доводиться вставати раніше за всіх нас, бо довго до школи добиратися. Не те що нам із Заком, ми взагалі пішки ходимо.

Коли ми приїхали на місце, у мене аж дух перехопило.

– Нічого собі! Гляньте, які ХОРОМИ! – охнула мама Джоді.

Я визирнула у вікно й оторопіла: будинок Мейзі був майже як ПАЛАЦ! Вона сама стояла біля мами й гарячково нам махала.

Коли ми вийшли, Мейзі пропищала:

– Заходьте! Заходьте! Я все вам покажу!

Я ще не бачила Мейзі такою збудженою. Зазвичай це в мене, у Джоді або Зака емоції через край хлюпають. За нею прикольно було спостерігати.

– Як чудово! – сказала мама Мейзі.

А тоді мама Джоді теж напросилася з нами, бо вона просто обожнює розглядати чужі будинки. Коротше, ми пішли всередину.

Лишивши маму Джоді на першому поверсі, де вона роздивлялася нудятину – кухню, пралку і все таке, – ми погнали на другий поверх.

Я й подумати не могла, що там буде стільки кімнат. І така височенна стеля! Та вся моя квартира поміститься в одному куточку цієї громадини!

– Це ваші сусіди тут живуть? – запитав Зак.

– Ні, – захихотіла Мейзі, – тут тільки бабуня моя жила. Але вона вже померла.

Після цих слів Мейзі трохи засмутилася, і мені стало соромно, що я не знала про її бабусю. Як і про те, що вона померла.

– Ходімо! – гукнула Мейзі.

Ми побігли в кінець коридору, а він там довжезний, повірте на слово.

– Ось моя кімната.

Коли Мейзі відчинила двері, в мене аж очі на лоба полізли. У неї була

НАЙБІЛЬША КІМНАТА У СВІТІ!

Там стояло величезне ліжко з балдахіном (це такі шторки), великий м'який диван і багацько класних крісел-мішків. А ще там була ціла гора книжок!

– О, СХОДИ! – вигукнув Зак.

Я повернулася й побачила невеликі сходи, що вели на горішній поверх. У МЕЙЗІ В КІМНАТІ Є СВОЇ НЕВЕЛИЧКІ СХОДИ!

Ми побігли нагору, і Мейзі, засміявшись, подалася слідом. Вона розповіла, що колись у її кімнаті була бібліотека, і часом вона навіть засинала серед книжок. Тоді бабуня запропонувала переобладнати бібліотеку під спальню, якщо вже онука так любить книжки.

Мені подумалося, що бабуся Мейзі, мабуть, була класною. Жаль, що вона померла.

Коли ми нарешті все роздивилися, про все порозпитували і погодували маленьку рибку Мейзі, то всілися за великий стіл на горішньому поверсі й почали таємні збори.

Джоді сказала, що відтепер усі таємні збори треба проводити в Мейзі вдома, бо тут реально круто. І ще тому, що в неї багацько довідників та енциклопедій, де завжди можна щось пошукати. І ми всі погодилися. А Мейзі просто не переставала хихотіти.

Я зроду не бачила, щоб Мейзі стільки сміялася, а потім таки допетрала: їй подобається приймати нас у своєму будинку.

Словом, тільки-но ми зібралися обговорити Матільдине шпигунство, як у двері хтось постукав.

– Ку-ку! Серденько, можна я зайду?

Виявилося, що то мама Мейзі привезла нам візок, ЗАВАЛЕНИЙ усілякими тістечками, тортами і стаканчиками із соком. Я тоді ще подумала, що в них тут якийсь ліфт має бути, бо мама Мейзі навряд чи затягла б той візок сходами.

– Як ЧУДОВО, що ви завітали! – розчулилася вона. – Я НЕВИМОВНО рада, що ви прийшли погратися з моїм янголятком!

Вона завжди так називає Мейзі, крім тих випадків, коли кличе її «херувимчиком». Одного разу Мейзі навіть «манюніми крильцями метелика» побувала.

Мама Мейзі почала засипати нас запитаннями, типу «Вам не жарко?», «Вам не холодно?», «Може, хочете подзвонити мамі?», «Дати вам ковдру?», «Може, розбавити сік?», «А в туалет не хочете?».

На останнє запитання Джоді відповіла ствердно, бо їй дійсно припекло, і тієї миті я аж зойкнула! І не тому, що Джоді закортіло в туалет (це було б дивно). Я просто не стрималася, побачивши, як Мейзі відчинила двері шафи, а за ними виявилася не шафа, а ванна кімната. У Мейзі є своя ванна!

Я Б СТРАШЕННО хотіла власну ванну. Кисла б у ній годинами й викупала б усі ароматичні бомбочки, які Закова мама принесла мені з магазину, до якого моя мама навіть зайти не може – від самого запаху в неї голова болить. А ще мені не довелося б ЩОВЕЧОРА затискати носа і мчати в туалет, коли звідти нарешті виходить тато.

Часом мені навіть доводиться ходити в туалет до Зака, бо тато може просидіти на унітазі цілу ВІЧНІСТЬ, а коли я йому стукаю, то завжди чую те саме:

«ІДИ ГЕТЬ!» або «ЩЕ ДВАДЦЯТЬ ХВИЛИН — І Я ВИХОДЖУ!»

Одного разу Закова мама дрімала й ТАК довго не відчиняла мені, що я мало не зіпсувала їм дверний килимок, як колись наш кіт.

Про що це я? А, точно. Словом, ми всі попросилися в туалет. Мама Мейзі сказала, що можна піти в той, що в коридорі, але ми запевнили, що потерпимо, бо

всім хотілося сходити до туалету Мейзі. Її мама на це розсміялася і запитала:

– Може, ви чогось іще хочете? Будь-чого?

Ми чемно подякували й відмовились, і мама Мейзі вийшла.

Нащо шпигувати?

Ми всі побували в туалеті й вирішили повернутися до роботи. Джоді сказала, що спочатку треба з'ясувати, НАЩО Матільда шпигує за НАШОЮ школою. Ми так і назвали це розслідування: «НАЩО ШПИГУВАТИ?».

Зак похвалився, що знає про шпигунів більше за Джоді, бо обожнює шпигунську тему. То ми всі погодилися, що Зак тепер буде головним. Це його страшенно вразило, бо він рідко головний.

Зак сказав, що передусім треба виписати все, що нам відомо про Матільду, бо, на його думку,

ВОРОГА СЛІД ВИВЧИТИ ВЗДОВЖ І ВПОПЕРЕК!

Так ми й зробили. Вийшло в нас таке:

ДОСЬЄ НА ШПИГУНА

ІМ'Я: Матільда

ВІК: 8

ЗРІСТ: гігантський

ВОЛОССЯ: в наявності

УЛЮБЛЕНИЙ КОЛІР: невідомо (може бути зелений, як жаб'ячі лапки)

ІНШЕ: за національністю француженка і приїхала з Франції. Не говорить УЗАГАЛІ. У школі вже три дні. Дружити з нами не хоче. Завжди щось записує до чорного блокнота. Знає про нашу Комірку.

– Тепер треба подумати, нащо Матільді шпигувати в нашій школі.

Особисто я жодних причин не бачила. А потім згадала, як Матільда витріщалася на нас, особливо коли ми малювали плакати з антарктичними тваринами.

– Може, вона хоче вкрасти наші ідеї з плакатами?! А потім поїде у свою французьку школу й там скаже, що сама все придумала!

Точнісінько так зробила Лінсі Перрі, коли я малювала плакат про здорове харчування. Мій плакат був **УНІКАЛЬНИМ**, бо я не користувалася ручками, олівцями чи навіть фарбами. Я використала справжню їжу. Гірчиця замість жовтої фарби, м'ятий горошок – замість зеленої, лосось – замісць помаранчевої. А Лінсі Перрі просто **ПОВТОРИЛА** за мною, але взяла якісь банальні продукти, що навіть не пахли: сирі макарони, родзинки й хлібці.

Коли директор прийшов оцінювати наші роботи, то сказав, що плакат Лінсі **ДУЖЕ КРЕАТИВНИЙ** і присудив їй перше місце. А мій плакат він назвав **НЕГІГІЄНІЧНИМ ТА НЕБЕЗПЕЧНИМ ДЛЯ ЗДОРОВ'Я** і викинув у сміття. Ось чому я розсердилася на директора й досі з ним не розмовляю.

Словом, Зак сказав, що нам треба більше ідей, і Джоді запевнила, що їх у неї море. А саме:

ІДЕЯ 1: Матільда хоче вкрасти наш бомбезний проєкт про Антарктиду і презентувати його в своїй старій школі (я те саме говорила).

ІДЕЯ 2: Матільда хоче викрасти міс Джонс і відвезти її до Франції, бо вона класно робить усілякі проєкти.

ІДЕЯ 3: Матільда хоче викрасти всю школу, бо її школа вже валиться і французам потрібна нова. Її навмисно прислали, щоб вивідати, яка зі шкіл найкраща.

Тоді Зак сказав, що Джоді більше не можна подавати ідеї, бо **ВІН** головний, а вона, як завжди, **ЗАБАГАТО НА СЕБЕ**

БЕРЕ. Ми знали, що це правда, бо Джоді не любить, коли не вона головна.

Точнісінько як того разу, коли Закова мама дозволила нам пофарбувати його кімнату. Зак тоді головував, бо то була його кімната. Джоді дозволили пофарбувати двері, мені дали маленьку стіну, а Мейзі дозволили тільки стояти й спостерігати за нами в масці Дарта Вейдера – вона боялася смороду фарби. Зак мав дофарбувати решту кімнати.

Та коли Зак вийшов у туалет, Джоді з блискавичною

швидкістю дофарбувала двері й перейшла на велику стіну! Потім сказала, що хотіла б іще стелю, та й колір фарби, мовляв, змінити не завадило б. До приходу Зака вона ЗАБАГАТО НА СЕБЕ ВЗЯЛА!

Про що це я? А, точно. Словом, ми досі точно не знали, чому Матільда за нами шпигує. Якщо чесно, ідеї Джоді мені видавалися не дуже вдалими, бо жодна з них не пояснювала, чому Матільда досі ні з ким не заговорила. І взагалі якось це дивно: припертися аж із Франції, аби лиш украсти наші задуми щодо плакатів (хоч вони РЕАЛЬНО круті, і їх, напевно, виставлять у музеї Антарктиди, коли ми їх домалюємо).

А тоді я згадала лінійку минулого тижня. Містер Мерфі розповідав там про шкільного інспектора, який скоро навідається до нас. Той інспектор ПИЛЬНО ЗА НАМИ СПОСТЕРІГАТИМЕ і буде ВСЕ ЗАПИСУВАТИ. Тому директор звелів нам ЯК ПО СТРУНЦІ ходити.

Також я чула, як секретарки шепотілися, що містер Мерфі дуже переживає, чи сподобається інспекторові наша школа. Бо якщо ні, то він ЗАКРИЄ ЇЇ ДО БІСОВОЇ МАМИ! Нас тоді всіх поділять і відправлять до різних шкіл.

Отож я переповіла всім слова містера Мерфі й пояснила, що Матільда, вочевидь, ШКІЛЬНА ІНСПЕКТОРКА. Ось чому вона шпигує за нами. Вона хоче ЗАКРИТИ нашу школу, щоб нас усіх розділили!

Мейзі дуже засмутилася і сказала, що не хоче, щоб нас розділяли. Нам довелося вкласти її в ліжко й на десять хвилин завісити його шторами, щоб вона полежала і трошки заспокоїлася. Коли Мейзі отямилась, вона висунулася з-за штор і запросила нас до себе.

Зак засумнівався, що француженку нашого віку можуть призначити шкільною

інспекторкою, бо на такій посаді може бути ТІЛЬКИ дорослий. Тут я розповіла про шоу, яке дивилася з татом по телевізору. Там директорка великого супермаркету надягла перуку й окуляри і вдавала іншу людину. Стоячи за прилав-

ком і продаючи сир, вона дізналася, що НАСПРАВДІ роблять працівники, коли її нема. Виявилося, що НАСПРАВДІ вони крадькома їдять сир із вітрини, а часом навіть шинку, і продають сир, який падав на підлогу.

– НАСПРАВДІ наша Матільда – не новенька учениця, що приїхала з Франції. Вона доросла шкільна інспекторка, просто МАСКУЄТЬСЯ. Так вона може шпигувати за нами, щоб дізнатися, які ми НАСПРАВДІ. Вона працює ПІД ПРИКРИТТЯМ!

– Але ж Матільда НЕНАВИДИТЬ нас! – сполошилася Мейзі. – Вона точно ЗА-

КРИЄ нашу школу! Я не хочу, щоб нас розділяли!

Мейзі пробурмотіла щось про нові школи, нові мікроби, а тоді зомліла. Підіткнувши їй ковдру, ми продовжили збори. А що було робити?

Я припустила, що Матільда з нами не розмовляє, бо за вимовою ми зрозуміємо, що вона ніяка не француженка! Відразу стане ясно, що вона доросла, бо голос буде старий та нудний, і вона не зможе утриматися від фразочок типу: «Ану тихо!», або «Підніми це!», або «Перестань лизати волосся на руках!».

Зак погодився, що моя теорія цілком логічна, і запевнив, що вірить мені. А ще сказав, що Матільда, мабуть, носить МАСКУ.

– А я от не думаю, що вона доросла, – заперечила Джоді. – Вона висока, але не настільки, щоб бути дорослою!

Це Джоді правильно сказала, бо навряд чи є маскування, що применшувало б зріст.

– Моя тітка Джин усього чотири фути заввишки, – раптом пробурмотіла Мейзі.

Ніхто з нас не знав, що таке фут. У словнику ми знайшли, що слово «фут» означає

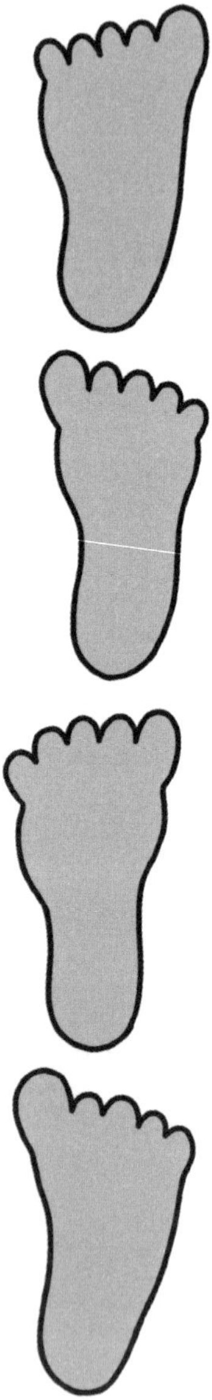

міру довжини, яка приблизно дорівнює одній людській ступні. Ми змусили Джоді стати на папірець і обвели її ступню ручкою. За цією міркою ми вирізали ще три такі «ніжки» і виклали їх у рядок, щоб подивитися на загальну довжину.

Це я запропонувала обвести ногу Джоді, бо ТОЧНО знала, що з нас усіх вона носить найбільший розмір (сама вона цього не визнавала і казала, що в Зака нога більша, бо він хлопчик.

Джоді почервоніла як рак, коли вони із Заком помірялися і в Джоді ступня таки виявилася БІЛЬШОЮ).

Словом, ми поглянули на вирізані «ніжки», і Джоді вигукнула:

– Та це ж геть мало! А ти впевнена, що у твоєї тітки шість чи сім футів не набереться?

Мейзі наполягала, що ТОЧНО знає тітчин зріст. Одного разу вони з тіткою Джин пішли на атракціони, і чолов'яга на американських гірках сказав:

– Дівчинко, щоб кататися тут, твій зріст повинен бути не менше чотирьох футів і одного дюйма. А ти поки що тільки до чотирьох футів доросла.

Потім він побачив, що тітка Джин ніяка не дівчинка, і його слова дуже її розлютили. Тому він її пустив. Мейзі додала, що її саму НЕСАМОВИТО НУДИЛО від тих гірок, хоч вона й не каталася, а лише за сумками наглядала.

Зрештою навіть Джоді погодилася, що новенька ЦІЛКОМ МОЖЕ БУТИ дорослою шкільною інспекторкою, яка маскується під француженку Матільду, хоч насправді вона ШКІЛЬНА ШПИГУНКА ПІД ПРИКРИТТЯМ.

По очах усе видно!

У середу після школи ми поїхали провідати мого дідуся, який живе в будинку для літніх людей. Або просто в Будинку, так коротше. Мама сказала, що ми можемо порадитися з ним щодо нашого проєкту, бо зараз проходимо в школі антарк-

тичних дослідників і нам розповідають усілякі цікавинки, типу скільки часу капітан Скотт плив до Антарктиди на кораблі «Діскавері». Дідусь знає все про кораблі, бо народився у сиву давнину, коли люди плавали на кораблях до магазину по булочки й молоко і ще не знали, що таке черевики. Але ми вирішили, що не будемо нудити дідуся дослідниками й кораблями. Ми краще розпитаємо про ШПИГУНІВ.

Я б хотіла жити з дідусем у Будинку, бо тут у кожного є своя велика кімната, ліжко з підйомним механізмом, доглядальниці, які щодня частують морозивом і желе. А ще поряд з дідусем живе фокусник Магічний Марв. Він щодня виступає з фокусами у фойє. Після цього вони з дідусем

говорять про війну, скаржаться на сучасне телебачення і часом на картоплю. А тоді ненадовго засинають. Мені стає нудно й доводиться їх розбуркувати, щоб розповіли ще щось прикольне про картоплю.

Дідусь знає МОРЕ всіляких історій про шпигунів і секретні місії, бо був якоюсь великою шишкою на війні, офіцером розвідки. Він запевняє, що все розказане ним є «ЦІЛКОМ ТАЄМНИМ», бо містер Томпсон, який сидить навпроти нього в кімнаті з телевізором, – шпигун. Саме тому дідусь випросив, щоб у його кімнаті встановили ВОГНЕТРИВКИЙ ТИТАНОВИЙ

СЕЙФ. Там він тримає свої медалі, винаходи й подарований мамою мобільний телефон, не боячись, що містер Томпсон поцупить усе це добро.

Мама не вірить у все, що дідусь розповідає про містера Томпсона. Особливо у те, що той краде дідове желе і щоночі вибирається з Будинку звітувати своєму командирові.

Мама каже, що дідові слова часом далекі від дійсності або взагалі не мають сенсу. Ну, наприклад, він може дати мені п'ять пенсів і сказати, щоб я не витрачала їх в одному магазині.

Але я все одно обіймаю дідуся і завжди дякую, хоча п'ять пенсів доволі складно не витратити в одному магазині, тому що більшість товарів значно дорожчі. Та оскільки я часто провідую дідуся, у мене цих монеток п'ятипенсових уже ціла банка назбиралася!

Якось мама сказала, що дідусь часом забуває, що війна закінчилася, бо в нього мозок старий. І додала, що мій мозок молодий і здоровий. Я після цих слів тільки про мізки й думала. Мені стало цікаво, як мій мозок виглядає і якого він кольору. І як

виглядає мозок дідуся і якого він кольору. Я чогось вирішила, що мій мозок, мабуть, жовтий із помаранчевими прожилками, а дідусів – сірий з рожевою серединкою, як стейк на татовому грилі.

Про що це я? А, точно. Словом, коли ми зайшли до Будинку, дідусь дрімав біля телевізора. Ми тихенько всілися поруч і, поки мама не пішла до медсестер, вдавали, що дивимося телек. Коли вона вийшла, ми почали штурхати дідуся, щоб прокинувся.

Мабуть, ми перестаралися, бо дідусь переполошився і спросоння скрикнув:

— НЕ ЧІПАЙ МОЇХ ЗУБІВ!

Вийшло так голосно, що Мейзі вереснула і сховалася під стілець.

Дідусь сів рівніше і помацав пальцем щелепи.

– Слава богу, на місці! – видихнув він. – Я вже подумав, той паскудник Томпсон знову їх поцупив! Я вчора задрімав, а він ПРОСТО з рота мені зуби витягнув! Щось нехороше він задумав, точно кажу.

Аж ось дідусь помітив, що ми зібралися біля нього й не зводимо очей.

– Так, а чого це ви тут стовбичите? І чого всі такі серйозні?

Я сказала, що нам треба якнайбільше дізнатися про шпигунів.

І ЯКНАЙШВИДШЕ.

А ще я запитала, чому він такий упевнений, що містер Томпсон – шпигун. Дідусь нахилився і звелів усім підійти ближче. Так ми й зробили.

– ПО ОЧАХ УСЕ ВИДНО! Он, подивися на нього!

Я подивилася.

– Ну як, бачила? Бачила? Він же на мене ВИТРІЩАЄТЬСЯ!

Придивившись, я могла точно сказати, що очі в містера Томпсона заплющені. Він, мабуть, спав – так я дідусеві й сказала.

– Це він ХОЧЕ, щоб ти так думала!

Джоді вийняла блокнот і записала:

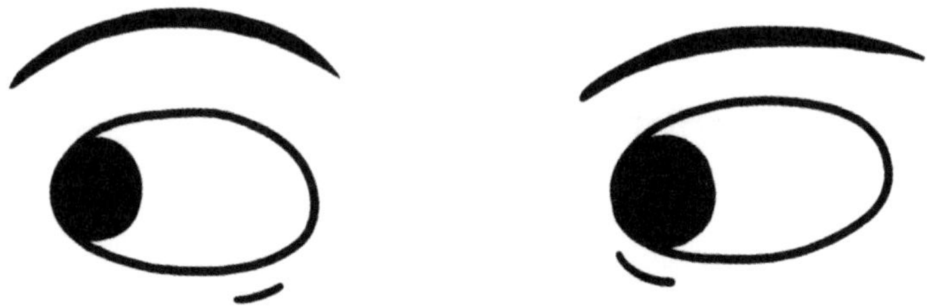

ПО ОЧАХ УСЕ ВИДНО.

Ми розповіли дідусеві про Матільду й те, що вона може виявитися замаскованою дорослою, яка вдає малу француженку. Уважно вислухавши нас, дідусь замислився й протяжно загмикав.

Він міг би цілу вічність так гмикати, тому я запитала, чи стикався він коли-небудь зі шпигунами нашого віку.

– Не думаю. Але раз на те пішло, то це було б першокласним ПРИКРИТТЯМ!

– А чи міг би старий шпигун, от як ви, замаскуватися так, щоб стати схожим на нас?

– Звичайно, – запевнив дідусь. – Шпигуни й не таке можуть.

Тоді примружився і поглянув кожному з нас в очі.

– Я б не здивувався, якби ВОНА теж виявилася старою шпигункою!

Із цими словами він вказав на Джоді.

Джоді пояснила, що вона не шпигунка, а просто записує все, щоб не забути. І їй доволі важко, бо я швидко говорю.

– Справжня шпигунка ТОЧНІСІНЬКО ТАК і відповіла б!

Ми розказали дідусеві про чорний блокнот Матільди. І про те, як вона за всіма спостерігає. І як записує все підряд. І про

«ПЛАН ШКОЛА СЕКРЕТ»

теж розказали. І про те, що новенька досі ні з ким навіть словом не перекинулася, хоча міс Джонс сказала, що вона вміє по-нашому.

– Ох нічого собі! Дівчинко моя, схоже, вам ДІЙСНО трапилася шпигунка!

Тут ми зрозуміли, що вскочили у велику халепу.

– Стережіться і завжди старайтеся бути на крок попереду, – порадив дідусь.

– Не переймайтеся, – озвалася Джоді. – Ближче, ніж на чотири фути, ми до неї не підійдемо. Навіть виміряти можемо.

– Шпигуни у школі, ти ба! І чого їм треба, га? – замислився дідусь.

Ми переповіли йому все, що чули від містера Мерфі про шкільного інспектора. І пояснили, що все дуже серйозно. І нагадали, що цей інспектор усе записуватиме. Ще я розказала все, що чула від секретарок: інспектор за нами спостерігатиме, і якщо йому чи їй щось не сподобається, то нашу школу закриють до бісової мами. А нас розкидають по різних жахливих школах. Дідусь чомусь нічого не відповідав, а потім я помітила, що він знову задрімав.

– Що робитимемо? – запитав Зак.

– Самі розберемося, – сказала Джоді. – Це наша справа.

Так, це наша справа. Треба ЯКНАЙШВИДШЕ зупинити Матільду. То ми витягли Мейзі з-під стільця і побігли шукати мою маму.

Запіканка для шпигунки

У четвер Джоді сказала, що має БЛИСКУЧИЙ ПЛАН, бо вона ВСЮ НІЧ читала про шпигунів у інтернеті, поки мама спала. Джоді не можна вночі сидіти за комп'ютером, їй навіть заборонено вмикати його без дозволу мами. А все тому, що Джоді колись замовила онлайн десять піц замість однієї. А доставник сказав, що СКАСУВАТИ помилкове замовлення НЕ

МОЖНА. Тому Джоді довелося занести дві піци мені і ще дві – Закові. А потім ще цілий тиждень вона носила в школу на обід по шматку піци.

Словом, Джоді сказала, що знайшла купу

НАДЗВИЧАЙНО ВАЖЛИВОЇ ІНФОРМАЦІЇ!

Вона розповіла, що коли шпигуна викривають, таємні завдання йому більше не світять – всі вже знають, хто він.

– Якби ми могли ДОВЕСТИ міс Джонс, містеру Мерфі й усім іншим, що новенька НАСПРАВДІ доросла шпигунка під при-

криттям, яка працює шкільною інспекторкою, то ВИКРИЛИ Б ЇЇ! Тоді Матільді доведеться міняти роботу, і наша школа не постраждає.

Ми всі погодилися, що це БЛИСКУЧИЙ ПЛАН. Бо так і було. Та Джоді сказала, що він іще не закінчений, бо це тільки перший етап. У ході другого етапу треба придумати спосіб довести, що Матільда – доросла, яка вдає ученицю.

– Здається, я придумала, – несподівано озвалася Мейзі.

Ми напружили слух, бо Мейзі говорить дуже тихо, а тоді так узагалі шепотіла – на уроці арифметики не можна розмовляти й розробляти плани.

– Ой, запіканкою пахне! – писнула Мейзі й розповіла про свій задум.

План «Запіканка» сподобався усім! Нам пощастило, що в Мейзі тонкий нюх і вона відчула, що в їдальні готують цю страву.

Мейзі зізналася, що так боїться картопляної запіканки з м'ясом, що занюхала б її за сотню кілометрів. І я їй вірю, бо ми якось сиділи в мене вдома і вирізали з картону величезного павука, як Мейзі раптом закричала, що відчуває запах диму! Ми відразу викликали пожежників. Коли вони приїхали, мама сполошилася і закричала:

— ДЕ ПОЖЕЖА?
ДЕ ПОЖЕЖА?

Виявилося, що пожежі в нашому будинку НЕМА. Просто у квартирі поверхом нижче Закова мама запалила в туалеті ароматичну свічку, бо в неї живіт прикрутило. Словом, нюх у Мейзі відмінний, це вже перевірено.

Про що це я? А, точно. Її план був такий: на обіді ПИЛЬНО СПОСТЕРІГАТИ за Матільдою, щоб побачити, як вона відреагує на запіканку. Всі школярі її терпіти не можуть, і якщо Матільда СПРАВДІ учениця, ця страва їй теж не сподобається. Крім того, кухарки завжди багато насипають, а буркотлива місіс Кід (зла обідня наглядачка) змушує все доїдати.

Місіс Кід завжди змушує їсти те, що нам не подобається. І при цьому ЗАВЖДИ невдоволено бурчить щось типу «Зніми куртку, а то надвір вижену!» або «Іззі! Ти що, в хліву народилася?». Я тоді сказала, що не знаю, де народилася. Я й справді не знала і для певності перепитала в мами. Таки не в хліву.

А всі вчителі нашої школи з якихось незрозумілих причин ЛЮБЛЯТЬ картопляну запіканку з м'ясом. І не просто люблять, а ще й беруть із собою в клас, щоб там наодинці поїсти. Я теж так роблю, коли мама купує шоколадну помадку в отому дорогезному магазині.

Так от, суть плану «Запіканка» зводилася до того, щоб перевірити, чи сподобається ця страва Матільді (типу, тест такий). Якщо СПОДОБАЄТЬСЯ, це стане вагомим доказом того, що вона – доросла шпигунка. Це теж буде огидно.

Ми всі так не любимо цю запіканку, що вдаємося до БУДЬ-ЯКИХ хитрощів, аби тільки її не їсти. Зак зазвичай зминає її так, щоб порція видавалася меншою, а потім відпрошується у місіс Кід, кажучи, що на тарілці зовсім трошки лишилося. Джоді просто намагається якнайшвидше проковтнути ненависне місиво, затиснувши носа й запиваючи соком, щоб перебити смак.

А от Мейзі непритомніє ледь не щоразу, бо в неї така реакція на все, що її лякає: на картопляну запіканку, жовті ручки, на День млинців. Місіс Кід не змушує Мейзі їсти цю гидоту, бо якось вона зомліла й бухнулася просто в миску, заляпавши наглядачці блузку.

Одного разу, коли ми дружною колоною йшли їсти запіканку, я прикинулася, що ось-ось зомлію. Але місіс Кід звеліла йти далі і сказала, що за гру мені варто дати «Оскара». І все одно змусила мене все доїсти.

Щоб не бачити тієї клятої страви, я навіть почала щосереди приносити обід із собою. Але кухарки стали влаштовувати день запіканки в довільному порядку. Мені здається, що то місіс Кід їх підмовила, щоб мені все одно довелося нею запихатися.

Словом, більше я обіди в школу не ношу. Сьогоднішню запіканку я ледве доїла, огиднішої страви просто не існує в природі. Місіс Кід, схоже, УВЕСЬ час пильнувала мене, я не могла бодай крихту на підлогу кинути чи Закові на тарілку перекласти.

Коли Матільда взяла тацю й пішла брати обід, ми ДУЖЕ УВАЖНО за нею спостерігали. І вона провалила запіканковий тест. Коли кухарка запитала, накладати їй одну ложку чи дві (отой черпак для морозива пам'ятаєте?), Матільда показала ДВА пальці! Ми очам своїм не повірили!

– Вона ТОЧНО доросла! – сказала я. – Нормальна дитина нізащо в житті не попросила б дві ложки цієї бридоти!

Тільки-но я хотіла поставити мінус у ТАБЛИЦІ ДОКАЗІВ, яку накреслила Джоді, як озвалася Мейзі.

– А раптом вона не знає, що таке картопляна запіканка?

Гм, справді. У Франції таку страву можуть і не готувати. Коли два роки тому я була в їхньому Діснейленді, там такого не подавали.

Тому Зак запропонував поставити навпроти першого тесту плюс. Джоді порадила знак питання, бо результат непевний. Так ми й зробили. А потім перейшли до тесту № 2.

Його суть у тому, щоб спостерігати за обличчям Матільди, коли вона скуштує запіканку, і дізнатися, чи стане вона її ховати нишком у портфель чи впустить на підлогу, як усі інші.

Отож ми сіли й почали стежити за новенькою. І знову сталося таке, у що **МИ ПРОСТО НЕ МОГЛИ ПОВІРИТИ!** Джоді мало не зригнула, Зак сказав: «Вона взагалі нормальна?!», а Мейзі все питала: «Що там? ЩО ТАМ ТАКЕ?». Вона не могла до пуття роздивитися, бо низенька, а ще тому, що в неї очі були заплющені.

– Вона ДОЇЛА ... – пояснила я. – І йде по ДОБАВКУ!

Цілком смердюча таємниця

Це чи не вперше в житті ми ПОВНІСТЮ доїли запіканку, аби місіс Кід швидше нас відпустила. З їдальні ми помчали в клас.

І розповіли міс Джонс про Матільду. Про те, що вона навіть не француженка. І про її маску. Про те, що вона шпигунка

і шкільна інспекторка під прикриттям. І що їй, мабуть, років сто.

Міс Джонс не сказала ні слова. Вона просто **ВИТРІЩИЛАСЯ** на нас. Я вже подумала, що вона теж у шоці від того, що школу закриють, а її направлять учителювати у старші класи. Колись вона зізналася, що краще стрибне в басейн з акулами, аніж піде до тих лобуряк.

Але міс Джонс сказала, що ніяк не втямить, про що ми говоримо, бо ми надто швидко торохтимо.

– Я ж просила вас **ЗАПАСТИСЯ ТЕРПІННЯМ** щодо Матільди, – додала вона.

– Міс Джонс, та як ви не розумієте? – раптом заверещала Мейзі. – ВОНА ЗАПІКАНКОВА ШПИГУНКА!

Після такого крику Мейзі довелося трошки полежати біля столу. Мені здалося, що міс Джонс після почутого теж не проти прилягти, бо вона ОТЕТЕРІЛА від того, як голосно може волати Мейзі. Ми, якщо чесно, теж! Однак тепер учителька хоча б зрозуміла всю серйозність сказаного нами.

– Так, ви троє. Сідайте. До чого тут запіканка? Чого Мейзі кричить? І хто тут ШПИГУНКА?

Ми пояснили знову, цього разу повільніше. Іноді дорослим дуже довго доходять такі прості речі, як запіканкові шпигуни – шкільні інспектори. Мозок у них не такий свіжий, як у нас, більше схожий на дідів.

– Добре, – сказала міс Джонс, коли ми закінчили. – Я зараз вам покажу дещо. Дещо **ДУЖЕ** важливе. Таке, про що ви **ЖОДНІЙ** живій душі не повинні розказувати.

Ми гадки не мали, **ЩО** хоче показати міс Джонс, але розуміли, що це

ЦІЛКОМ ТАЄМНО.

– Обіцяєте НІКОМУ не розповідати про те, що я вам покажу? – востаннє запитала міс Джонс.

Ми пообіцяли. Джоді взяла мене за руку й міцно стисла. І тоді міс Джонс усе нам показала.

Змагання за шоколадне тістечко

Міс Джонс узяла урну, що стояла біля її столу, й підняла кришку. Ось і вона. Порція огидної запіканки.

Міс Джонс розповіла, що всі вчителі теж терпіти не можуть запіканку! І беруть її із собою в клас, аби викинути в урну. Міс Джонс зізналася, що трошки боїться кухарок.

А ще вона сказала, що Матільда може просто ЛЮБИТИ цю страву, і нічого підозрілого в цьому нема. І це точно не означає, що новенька – доросла жінка або шпигунка. І Матільда

НІЯК

не може бути шкільною інспекторкою, бо міс Джонс бачилася з її батьками й навідувалася з містером Мерфі до них додому. Також міс Джонс недавно дізналася, що інспекцію нашої школи **ВІДКЛАЛИ** до наступного року – містер Мерфі тепер **НА СЬОМОМУ НЕБІ**, і жодних шпигунів-інспекторів під прикриттям у школі нема. Наостанок вона взяла з нас слово не стежити за Матільдою, і ми пообіцяли, що не будемо.

Отак ми спробували забути про Матільдине шпигунство. Якщо інспекцію школи перенесли, новенька не могла бути інспекторкою під прикриттям. Але забути все було важко, бо Матільда ДОСІ не сказала нікому ні слова, ДОСІ мала підозрілий вигляд і постійно записувала щось до свого чорного блокнотика. Але ж ми пообіцяли міс Джонс, що більше не будемо стежити, тому нічого не могли вдіяти.

Однак після обіду сталося таке, на що ми просто не МОГЛИ закрити очі.

Ми дивилися фільм про антарктичних дослідників. Кіно було класне, там розповідали про капітана Скотта, про те, як він понад сотню років тому плив на своєму кораблі «Діскавері» до Антарктиди, намагаючись стати першим у світі дослідником тих земель і людиною, яка вперше дійшла до Південного полюса. Та коли капітан Скотт добрався на місце, він дізнався, що його випередили! Якийсь дослідник із Норвегії дістався туди першим.

Мені було жаль капітана Скотта, бо з ним сталося ТОЧНІСІНЬКО те саме, що й зі мною. Якось мама сказала, що я можу поласувати останнім шоколадним тістечком, якщо доїм броколі. Я глитнула його одним махом, просто зі стеблами, і побігла до холодильника забрати смаколик. І побачила, що мене випередили.

Тістечка не було! Але мене випередив не якийсь вусань із Норвегії, а тато. (Хоч він так і не зізнався, як би я не допитувалася. Але я точно знаю, бо в нього все підборіддя було шоколадом замащене.)

Словом, ми сиділи й дивилися фільм, у класі було темно – міс Джонс вимкнула світло. Сама не знаю чому – ми ж бо не повинні були стежити за Матільдою, – але я озирнулася через плече глянути, що вона робить. І не повірила своїм очам. Матільда СВІТИЛАСЯ!

Що за світло?

Я очей не могла відірвати від Матільди. У неї обличчя світилося! І вона роздивлялася щось на парті.

Я цілу вічність тупила, поки допетрала, що в новенької ручка з ліхтариком!

Штурхнувши Мейзі, я жестом вказала на Матільду. Але це була погана ідея, бо Мейзі побачила, що новенька світиться, знепритомніла й завалилася на мене. А я людина маленька, мені навіть таку здихлю, як Мейзі, втримати важко.

Словом, я мусила НЕГАЙНО привернути увагу Зака й Джоді, щоб вони теж подивилися на Матільду, однак Мейзі мені страшенно заважала. Я поглянула на міс Джонс і впевнилася, що вона зосередилася на фільмі й не помічає таких дрібниць, як непритомність чи світіння обличчя. Тому я зняла з Мейзі черевик і жбурнула в напрямку Зака й Джоді. Черевик виписав у повітрі дугу й гепнув Зака по спині. Від несподіванки той так голосно зойкнув, що міс Джонс поставила фільм на паузу й увімкнула світло. Тоді Джоді й Зак помітили, що йому прилетіло черевиком Мейзі, а я вдаю, ніби Мейзі

при тямі, обійнявши її та притуливши до себе. Друзі зрозуміли: сталося щось серйозне.

Міс Джонс запитала в Зака, що сталося. А він просто вирячився на неї – Зак ніколи не вмів брехати з льоту.

– Вибачте, міс, – втрутилася Джоді. – Це я випадково сіла йому на руку, ось і все.

Зак кивнув і скривився так, ніби йому болить. Міс Джонс потяглася вимикати світло, але помітила, що я тримаю голову Мейзі в себе на плечі, прикривши їй обличчя волоссям.

– З нею все гаразд?

Я відповіла ствердно й пояснила, що це Мейзі ховається до появи на екрані горбатих китів, бо кораблі її трохи жахають. Міс Джонс кивнула і знову ввімкнула кіно, бо знала, що Мейзі боїться майже всього на світі й зарадити цьому ніяк не вийде.

Коли світло згасло, Джоді й Зак глипнули на мене, і я вказала їм на Матільду. Але вони лише переводили погляд то на мене, то на неї. Джоді знай знизувала плечима й безгучно запитувала: «Що сталося?». Я поклала голову Мейзі собі на коліна й повернулася. Матільда сиділа і, типу, дивилася фільм! Вона більше не світилася!

☆

Після фільму мені нарешті вдалося привести Мейзі до тями. Коли ми розсілися за свої парти, міс Джонс звеліла розбитися на групи й п’ять хвилин обговорити побачене, після чого вона розповість ВАЖЛИВУ НОВИНУ.

Зак припустив, що НОВИНОЮ від міс Джонс може стати звістка про те, що вона вагітна і скоро народить маля. Вранці Зак побачив у неї в сумці величезну упаковку шоколадних драже, від яких в урні лишилася тільки обгортка. Він сказав, що лише вагітна може так швидко ум'яти цілу пачку.

Мені чогось не думалося про вагітність міс Джонс, я переймалася іншим. Що замислила Матільда? І ми з Мейзі розповіли Джоді та Закові, як світилося обличчя новенької. І про ШПИГУНСЬКУ РУЧКУ З ЛІХТАРИКОМ не забули.

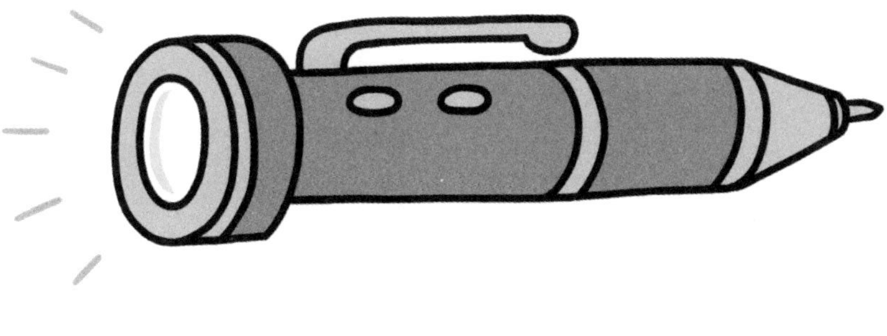

– Я так і знала! – скрикнула Джоді. – Вона все-таки шпигунка.

Досі Матільда пильно всіх роздивлялася, нічого не говорила й постійно записувала щось у блокнот. А тепер у неї ще й ШПИГУНСЬКА ручка звідкілясь узялася, щоб навіть у темряві шпигувати!

Однак із цим була проблема: ми знали, що Матільда не може бути шкільною інспекторкою під прикриттям, бо інспекцію перенесли. Але вона все одно шпигунка на таємній місії. Нам було ТОЧНО відомо, що в школі шпигують, але ми гадки не мали НАЩО. Це означало тільки одне.

Ми в

СЕРЙОЗНІЙ НЕБЕЗПЕЦІ.

Однак часу на розмови не лишилося, бо міс Джонс зібралася розповісти важливу новину. Зак помилився: це було не про вагітність і немовлят, а дещо значно краще!

Міс Джонс сказала, що ми не зможемо в рамках проєкту відвідати Антарктиду, бо вона занадто далеко й **ПОГОДНІ УМОВИ ТАМ НЕБЕЗПЕЧНІ**. Потім вона захихотіла й додала, що з глузду з'їхала б, якби їй довелося заповнювати стільки анкет оцінки ризиків для антарктичних дослідників. Ми не зрозуміли, що тут смішного. Міс Джонс досміялася і сказала, що ми дуже гарно попрацювали, тому вона приготувала сюрприз. Вона посадить нас на борт справжнього корабля «Діскавері»! Почувши це, Матільда аж підскочила!

– Диви! – вказала Джоді.

– Та я бачу!

– Вона, мабуть, любить кораблі й оті всі морські штуки, – здогадався Зак.

Міс Джонс почала розповідати про «Діскавері», про те, що нам усе покажуть над палубою і під палубою, і ми навіть побачимо, де жив капітан Скотт із командою.

– А ще ми подивимося, де вони планували подорож у невідоме!

Тут Матільда обернулася, глянула ПРОСТО НА НАС і всміхнулася!

Мейзі зомліла і сповзла під парту.

Горбатий кит зефірнув нам!

Того вечора нам ДОВЕЛОСЯ порушити дану міс Джонс обіцянку й відновити стеження за шпигункою. Пообідавши, ми пішли до Джоді.

У Джоді все було готове для проведення зборів: коли ми прийшли, розстелені ковдри вже чекали. А ще її мама принесла класні смаколики, якими можна поласувати тільки на підлозі в Джоді. Полуниця в шоколаді, чипси з каррі, мінісирки на тостах і смачнючий молочно-полунич-

ний коктейль, який уміє готувати тільки мама Джоді.

Мама Джоді попросила дозволу побути на таємних зборах. Нам було трохи незручно, але довелося відмовити.

Зак запропонував зробити для міс Джонс красиву листівку й написати, що ми жалкуємо про те, що нам довелося відновити стеження за Матільдою. Але Джоді сказала, що можна нічого не писати, бо, коли ми доведемо, що Матільда СПРАВДІ шпигунка й завадимо їй здійснити задумане, міс Джонс буде така рада, що сама нам листівку напише.

Тоді Джоді запропонувала обговорити оту «УСМІШКУ». Мейзі сказала, що їй не хочеться говорити про «ОТУ УСМІШКУ», бо вона моторошна й НАЖАХАЛА ЇЇ МАЛО НЕ ДО СМЕРТІ!

Але Джоді наполягла на тому, що ми МУСИМО її обговорити, бо не можна ігнорувати ВАЖЛИВІ ДОКАЗИ. І необов'язково використовувати слово «УСМІШКА», його можна замінити іншим.

Мейзі сказала, що слова «УСМІШКА» або «УСМІХАТИСЯ» можна замінити на «ЗЕФІР», бо вона любить зефірки. А ім'я «МАТІЛЬДА» можна замінити на «ГОРБАТИЙ КИТ», бо кити їй теж подобаються.

Зрештою, ми остаточно заплуталися.

– Горбатий кит зефірнув нам, – сказала я.

– Та зефірка мене налякала! – промовила Джоді.

– Думаєш, горбатий кит зефірнув нам, бо має план, пов'язаний із кораблем?

Тут Зак сказав, що вже нічого не розуміє, та ще й зефіру тепер захотілося. Він пішов глянути, чи не завалялося його в мами Джоді.

А тоді Джоді сказала, що вона на 98 % впевнена, що таємна шпигунська місія Матільди пов'язана з кораблем «Діскавері». Я погодилася, але моя впевненість була десь на рівні 99,9 %, бо я досі не могла забути, як Матільда пожвавилася, коли міс Джонс розповіла про екскурсію.

Тут прийшов Зак із зефірками, і Мейзі відразу запхала до рота п'ять штук, щоб заспокоїтися.

– МАІЛЬТА ОФЄ АФТИ ОАБЕ І АВИТИ АС У ВІОМЕ!

– Що? – перепитали ми.

Мейзі швидко прожувала і сказала вже нормально:

– МАТІЛЬДА ХОЧЕ ВИКРАСТИ КОРАБЕЛЬ І ВІДПРАВИТИ НАС У НЕВІДОМЕ!

Напад уявної оси

Наступного ранку в клас прийшла нова секретарка і сказала, що їй треба поговорити з Матільдою.

Ми всі бачили, як Матільда стала в дверях і секретарка почала їй щось шепотіти. Матільда лише кивала. Потім секретарка дала їй якийсь папірець, вона глянула на нього, знову кивнула, поклала в кишеню і пішла на місце.

Коли вона сіла, Джоді під партою намацала мою руку.

– Знаєш, що ми повинні зробити?

Я знала, тому кивнула у відповідь. Я зрозуміла, що зараз УСЕ ВИЙДЕ З-ПІД КОНТРОЛЮ, бо в Джоді був ТОЙ САМИЙ вираз обличчя.

Мені навіть не треба було говорити з нею, щоб про все здогадатися: вона хоче витягти записку з кишені Матільди і прочитати її. Та перш ніж я встигла уявити, як саме вона хоче це зробити, Джоді підійшла до новенької й почала тягти її за кофту!

— ТАМ ОСА, МАТІЛЬДО! ОСА! ВОНА ЗАЛЕТІЛА ПРЯМО В ЗАПИСКУ! ВИЙМИ ЇЇ! ВИЙМИ!

Джоді почала трясти новеньку за одяг.

Матільда спершу оторопіла, а потім закричала так, що навіть Джоді розгубилася.

– Ой, усе добре. Вона вже полетіла.

Із цими словами Джоді хутенько повернулася на місце.

Міс Джонс ледве вдалося втихомирити Матільду й пояснити, що Джоді не з'їхала з глузду, а намагалася захистити її від оси. Матільда, схоже, їй не повірила, бо ще довго сердито на нас зиркала.

Коли всі заспокоїлися і ми насилу переконали Мейзі, що оси насправді не було,

Джоді поклала щось на нашу парту. ЗАПИСКА МАТІЛЬДИ! Ось що в ній було:

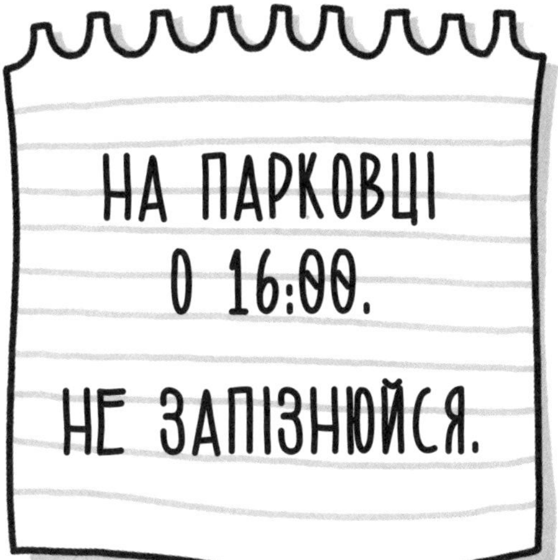

– Думаєте, вона там зустрічатиметься із секретаркою? – запитав Зак.

Мейзі поклала руку на його долоню.

– Здається, ти не розумієш, Заку.

Голос Мейзі дрижав, і я ЗНАЛА, що вона хоче сказати.

– То не нова секретарка, то ще одна шпигунка!

☆

Після уроків ми погнали до Комірки. Джоді сказала, що все треба обговорювати, використовуючи кодові слова або записуючи на папері, бо в школі вже дві шпигунки і в Комірці можуть бути «жучки». (Це значить, що шпигунки могли наставити там камер і мікрофонів, щоб знати, що ми робимо.)

І ми вирішили писати дрібним почерком, щоб на камерах нічого не було видно. З кодовими словами морочитися не стали, це надто довго.

Джоді звеліла написати все, що ми знаємо про ТУ-КОГО-НЕ-МОЖНА-НАЗИВАТИ, і як ми маємо їй завадити, а потім передати папірець далі, щоб кожен міг доповнити. Усе треба було робити швидко, бо до САМІ-ЗНАЄТЕ-ЧОГО лишалося всього двадцять п'ять хвилин. Так ми й зробили.

Я остання мала отримати папірець, і доки він до мене дійшов, там було таке:

Горбатий кит ТОЧНО шпигунка.

Горбатий кит – француженка.

Горбатий кит прибула сюди з таємною місією з Франції, щоб викрасти корабель «Діскавері»!

Горбатий кит – НЕ єдина шпигунка в школі.

Горбатому китові призначено таємну шпигунську зустріч о 16:00.

Додати мені було нічого, крім:

ДАВАЙТЕ БІГОМ НА ПАРКОВКУ!

Операція «Парковка»

Ми навмисно прибули на парковку раніше, щоб не перетинатися з Матільдою й іншою шпигункою.

Джоді звеліла всім сховатися в кущах і чекати. Але там було тісно, все кололо-

ся, і Мейзі скаржилася на жуків та інших комах. Я боялася, що вона здасть наше укриття, і шпигунки НЕВІДОМО що нам заподіють. Тому я зробила дещо не дуже хороше, але АБСОЛЮТНО НЕОБХІДНЕ для нашої безпеки. Я сказала Мейзі, що в її волоссі заплутався жук, і вона зомліла.

Зак сказав, що це я дарма, і мені стало дуже соромно, бо Мейзі – одна з моїх найкращих подруг, і я змусила її знепритомніти, лише щоб захистити нас усіх від полону у французьких шпигунок.

Але Зак відразу замовк, коли Джоді сказала, що має в кишені горошину, і якщо

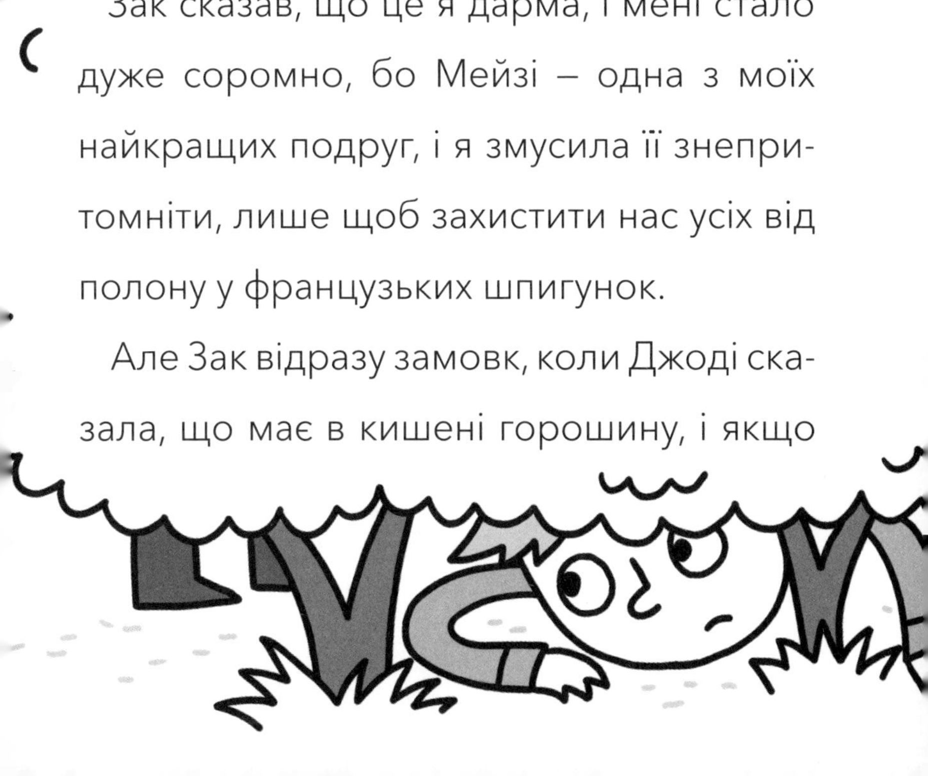

він не заткнеться, то доведеться її діста-ти. Зак СТРАШЕННО боїться гороху, якщо ви не в курсі. Якось я припустила, що личинки прибульців можуть бути схожими на горошинки, і Зак знепритомнів.

– Ти цього не зробиш! – заявив він Джоді.

– Перевіримо?

Зак злякано ковтнув слину й відмовився.

І тут я побачила Матільду! Спустившись сходами, вона пішла ПРОСТО до кущів, де ми ховалися! Потім стала поряд і глянула на годинник.

То я й собі глянула. 15:59. Значить, друга шпигунка буде тут за хвилину.

РІВНО о четвертій на парковку заїхав довжезний лімузин. Він зупинився, і звідти хтось вийшов.

Ми із Джоді та Заком вражено перезирнулися. То була НЕ секретарка, а якийсь чоловік. Високий чоловік у чорному костюмі й чорних окулярах.

Побачивши його, Матільда швидко пішла до машини й передала йому портфель. Чоловік узяв його, відчинив двері для Матільди, потім повернувся за кермо, і вони швидко поїхали.

Тоді Зак голосно видихнув – мабуть, увесь цей час стояв, затамувавши подих.

– Вона – шпигунський бос! Матільда – шпигунський бос! У неї є лімузин і шпигунський водій, який возить її на таємні місії! Вона, мабуть, якась міжнародна крадійка кораблів!

Ми знали, що він стовідсотково правий.

Невже він з'їв пінгвіна?

Наступного дня ми сіли на автобус і поїхали дивитися корабель «Діскавері». Ми з Мейзі вмостилися на задніх сидіннях, і я не відпускала її руку – для неї то був тяжкий день. Просто Мейзі ненавидить автобуси й кораблі, але ми мусили якось завадити Матільді викрасти «Діскавері» й

ВІДПРАВИТИ НАС У НЕВІДОМЕ.

Зак та Джоді сіли ПОЗАДУ Матільди, щоб БАЧИТИ КОЖЕН ЇЇ РУХ – це була частина нашого плану.

Джоді ДУЖЕ ДЕТАЛЬНО пояснила, що робити, якщо МАТІЛЬДА спробує викрасти корабель. А якщо ВСЕ ВИЙДЕ З-ПІД КОНТРОЛЮ і доведеться проводити ГРОМАДЯНСЬКИЙ АРЕШТ (це коли звичайна людина стає поліцейським, щоб затримати шпигуна), то Джоді взяла СПРАВЖНІ наручники, які їй подарував колишній мамин кавалер.

Перед посадкою Джоді нагадала, що ми справжня КОМАНДА, і якщо вже нам вдалося з прибульцями впоратися, то що нам та шпигунка! І додала, що після такої серйозної підготовки ми вже ГОТОВІ ДО

ВСЬОГО! Тоді поплескала кожного з нас по плечу і пригостила фруктовими пастилками, щоб енергії було вдосталь.

Та я все одно хвилювалася, що забуду щось із інструктажу Джоді. Наприклад, оті жести. Їх усього сімнадцять і всі позначають щось зовсім різне, типу «**ПРИГНИСЬ**», «**ІДИ ЛІВОРУЧ**» або «**МЕНІ ТРЕБА В ТУАЛЕТ**».

Коли ми прибули на місце, я на мить забула про Матільду, шпигунів і громадянські арешти. Корабель був просто **ФАНТАСТИЧНИЙ!** Я вже не могла дочекатися, коли ми піднімемося на борт.

Аж раптом міс Джонс підвела до нас новеньку.

— Іззі, ви з друзями не проти, якщо Матільда буде у вашій групі?

Після такого Мейзі знепритомніла.

На борту «Діскавері» екскурсовод розповів нам про важку подорож до Антарктиди, про капітана Скотта і про те, як він командував на кораблі. І про пекучі антарктичні морози згадав. І про те, як капітан Скотт із командою їздив на санях і відкривав незвідані землі, де не ступала нога людини. Корабель тому й називався «Діскавері», тобто «відкриття». Усе це ми вже й так знали відтоді, як почали працювати над своїми антарктичними проєктами, але все одно слухали. Аж ось екскурсовод розповів таке, про що не **ЗГАДУВАЛА** міс Джонс. Виявилося, що капітан Скотт і його команда під час плавання сильно захворіли й перемерли на зворотному шляху від холоду, голоду й цинги.

Тоді екскурсовод розповів про ту цингу (це така хвороба, коли шкіра лущиться, як у риби, потім облазить, і ти помираєш). Почувши це, міс Джонс сказала, що нам треба йти далі. Наостанок мені почулося, що капітан Скотт їв пінгвіна, і це було просто **ЖАХЛИВО!** Хоча, може, екскурсовод цього й не казав. Точно не знаю, бо важко було зосередитися: Мейзі дуже

СИЛЬНО стискала мені руку, Зак витріщався на Матільду, а Джоді навіть не кліпала. Хтозна, чи то через пінгвіна, чи то через **ПОДОРОЖ У НЕВІДОМЕ.**

Коли я й собі подивилася на новеньку, вона **РОЗГЛЯДАЛА СХЕМУ КОРАБЛЯ** і навіть не слухала екскурсовода!

Як настав час іти далі й спускатися під палубу, екскурсовод засміявся і сказав, що група «Д» для різноманіття може спуститися першою, бо група «А» й так завжди попереду лізе. Але нам було не до сміху, бо група «Д»… Наша! Там я, Мейзі, Джоді, Зак і… **МАТІЛЬДА!**

Екскурсовод показав, як правильно спускатися під палубу, і гукнув услід:

– Не загубіться там!

Мейзі аж затремтіла. Я не знала, хто повинен іти перший цими маленькими сходами, бо там унизу було темно, хоч в око стрель. Я подумала, нехай краще Зак іде першим. Ми його завжди просимо робити щось таке, чого нам самим робити не хочеться, і він зазвичай не проти.

Несподівано Матільда протиснулася вперед і швидко спустилася сходами! Джоді запанікувала, вийняла наручники й закричала:

— ВОНА ПІД ПАЛУБОЮ! ВОНА ПІД ПАЛУБОЮ!

Потім показала котрийсь із отих спеціальних жестів і скочила за новенькою. Нам не лишалося нічого, крім як помчати слідом!

Привид капітана Скотта

Під палубою було страшнувато. Темрява, скрізь розставлені манекени… Але найбільше страху наганяло те, що МИ НІДЕ НЕ БАЧИЛИ МАТІЛЬДИ!

– І що тепер? – запитала я.

Джоді показала спеціальний жест, мовляв, говорити не можна. Наступним жестом Джоді звеліла мені взяти Мейзі на плечі на той випадок, якщо вона зомліє. Так я і зробила.

Поглянувши на невеличку карту, Джоді вказала на мене й Мейзі, потім на камбуз та корабельний лазарет. Ми кивнули. Джоді вказала на інші частини корабля і тицьнула на Зака. Він теж кивнув. Тоді вона показала на машинне відділення і на себе. Ми знали, що Матільда помчить саме туди, тому кивнули, бо Джоді мала наручники.

Отож ми з Мейзі пішли перевірити камбуз, тобто корабельну кухню. Матільди ми там не знайшли, зате помітили манекен бородатого діда. Мейзі подумала,

що то новенька так замаскувалася. Але манекен не ворушився, хоч ми його торкалися й навіть лоскотали. Так ми переконалися, що він таки несправжній. Зазирнувши до лазарету (це щось схоже на невелику лікарняну палату), ми помітили, що на одному ліжку хтось лежить.

– Мабуть, іще один манекен, – припустила я.

– Ні! – розхвилювалася Мейзі. – Це привид капітана Скотта, ТОЧНО кажу!

Мейзі відразу почала гіпервентиляцію легень (глибоко й швидко дихала, щоб упоратися зі страхом і хвилюванням).

Я, чесно кажучи, теж злякалася, бо НЕНАВИДЖУ привидів, особливо привидів із цингою!

Але за мить я зрозуміла, що на тому ліжку може лежати Матільда, яка вирішила сховатися від нас. Спустивши Мейзі на підлогу, я показала спеціальний жест, яким ми домовилися позначати новеньку (збоку це трохи схоже на пташку). Мейзі кивнула, і ми почали повільно наближатися до тієї загадкової фігури на ліжку.

Ставши поряд, я прошепотіла:

– Це ти, Матільдо?

У відповідь мовчання. Я простягла руку, і коли вже хотіла торкнутися тієї фігури, як раптом вона ворухнулася! Вуха різонув вереск Мейзі, а потім хтось ухопив мене за плече! Мабуть, капітан Скотт! Це останнє, про що я встигла подумати.

☆

Отямившись, я не відразу зрозуміла, де я. Було темно й дивно пахло. Потім я побачила над собою три летючі голови,

і тільки-но зібралася закричати, як роздивилася шиї і тулуби, а потім допетрала, що то Джоді, Зак і Мейзі. Отак я зрозуміла, що знепритомніла.

Поряд вигулькнула стривожена міс Джонс.

– Іззі! Ти знаєш, де ти? ІЗЗІ?

А потім я згадала про фігуру на ліжку.

– На ліжку щось рухалося. То Капітан Цинга хотів мене схопити. Помийте мені плече, будь ласка.

– Так, голубонько, давай-но ми тебе в автобус проведемо, – сказала міс Джонс. – Полежиш там трошки.

Я була не проти, бо голова досі крутилася. А ще мені не хотілося, щоб нас полонив капітан Скотт зі своєю командою привидів.

По дорозі до автобуса Джоді розповіла, що за плече мене схопив не капітан Скотт, а міс Джонс. А фігурою на ліжку таки виявилася Матільда.

Джоді сказала, що знайшла її на тому ліжку раніше за нас, і подумала, що новенька шукає якісь підказки. Та коли зрозуміла, що вона не рухається, вирішила погукати міс Джонс.

Я сказала, що Джоді не повинна була оглядати НАШУ ділянку, і якби вона лишилася у своєму машинному відділенні, то я, може, й не зомліла б. Тоді Джоді вибачилася (хоч вона НІКОЛИ не вибачається!). Їй, мабуть, стало соромно за те, що я знепритомніла, бо такого зі мною ще не траплялося, і порівняно з Мейзі в мене все було серйозніше.

В автобусі ми побачили Матільду. Вона лежала на двох задніх сидіннях, затулившши обличчя рукою, і ми не могли її як слід роз-

дивитися. Тому ми з міс Джонс просто всілися поряд, і я почала сьорбати свій смородиновий сік.

За хвилину міс Джонс звеліла Закові, Джоді та Мейзі повернутися на корабель до містера Мерфі й решти класу. Але вони захотіли лишитися зі мною, і вчителька не стала заперечувати. Також вона сказала, що мені дуже пощастило мати таких хороших друзів. Я погодилася. А тоді ми почули, що Матільда плаче.

Коли ми повернулися до школи, Матільду відвели до медсестри, а ми всі пішли

в клас. Однак ми не знали напевне, чи їй СПРАВДІ стало зле, чи вона просто дуже засмутилася через провал таємної місії з викрадення «Діскавері».

Зак припустив, що Матільда могла заразитися цингою, полежавши на ліжку в лазареті. Йому здалося, що новенька ховала обличчя в автобусі, щоб ми не бачили її полущену шкіру.

Мейзі тут же сказала, що в неї сверблять руки. У Джоді виявився ТАКИЙ ЖЕ симптом. Дивно, але у мене теж почали свербіти руки і навіть нога. Ми всі підхопили цингу і скоро помремо. Тільки-но я зібралася заплакати, як продзвенів дзвінок на велику перерву. На якийсь час ми забули про цингу, бо згадали, що можемо відразу піти в Комірку й провести таємні збори, адже сьогодні в нас обід із собою.

☆

Підійшовши до Комірки, ми побачили відчинені двері. І увімкнене світло. Я аж заціпеніла. Більше за все я боялася, що Комірку знайшов містер Мерфі, бо тоді він побачив би мою карикатуру на нього. Я зобразила його з довгими щупальцями замість рук і повісила малюнок на стіну. Якби він трапився йому на очі, це була б ВЕЛИКА ХАЛЕПА, бо я підписала його

і назвала «Містер Мерфі бридкіший за восьминога». Обзиватися, звичайно, не можна, але він перший обізвав мій плакат і викинув його в урну!

Ми зазирнули всередину і побачили там Матільду! Саме тоді все й трапилося. Вона вперше заговорила!

– Ви маєте мені допомогті. У мене таємна місія!

Правда про Матільду

Ми мовчали цілу вічність. Від несподіванки нас наче ЗАЦІПИЛО. Та ось поряд почулися чиїсь кроки, і Матільда погукала:

– Сюди! Швідко!

Ми швидко забігли й зачинили за собою двері.

– Ти говориш! – вражено видихнув Зак.

– Так, – кивнула новенька.

– Ти – шпигунський бос? – запитала я.

– Ні.

– Але ти ВСЕ Ж МАЄШ таємну місію? – перепитала Джоді.

– Так, – відповіла Матільда й заплакала.

– Розкажи нам УСЕ, – попросила я.

Новенька зізналася, що МАЄ таємну місію, яка СПРАВДІ пов'язана зі школою, але не з нашою. Вона пов'язана з її СТАРОЮ школою, тією, що у Франції.

Потім Матільда знову заридала. Мейзі теж трішки поплакала, але ми не знали

чому. Тоді новенька сказала, що плаче, бо їй тут не подобається і вона сумує за старою школою й друзями. Їй не хотілося заводити нових, вона хотіла до своїх колишніх. Саме тому не зважала на нас.

– А чого ти ні з ким не розмовляла? – запитала я.

Матільда відповіла, що мовчала, бо дуже сумувала за домом. Логічно, що тут скажеш.

Зак сказав, що в Матільди, мабуть, НОСТАЛЬГІЯ. І ми погодилися. Я пояснила Мейзі, що це слово означає тугу за домом, а не заразну хворобу.

Матільда розповіла, що її таємна місія полягала в тому, щоб УТЕКТИ звідси й повернутися до старої школи у Франції. Вона придумувала плани і записувала все у блокнотик. Коли міс Джонс сказала, що в нас буде екскурсія на корабель «Діскавері», Матільда дуже зраділа, бо в неї нарешті з'явився робочий план.

Вона мала сховатися на борту й дочекатися, коли корабель вийде в море і доплиле до Франції. Кепський план, якщо чесно.

– Але ви зіпсували все, план зійшов нанівець, – потупила очі Матільда.

Зак не второпав, до чого тут вівці. Йому ніхто не казав, що на борту «Діскавері»

була якась худоба. Мейзі запхинькала, бо овець вона теж боїться.

Джоді впевнено заявила, що ніяких овець на кораблі нема, бо вона провела **ПОВНИЙ ОГЛЯД** і не бачила там ні овець, ні кіз, ні жодної іншої живності.

Матільда всміхнулася.

– Не вівця, а наовець!

Тут ми зрозуміли, що Матільда хоче сказати, що її план зійшов нанівець. Логічно, що тут скажеш.

Ми вибачилися, що зірвали її план. І Матільда дуже уважно нас вислухала.

– Якщо ти не бос шпигунів, – запитав Зак, – то чому ти отримуєш таємні повідомлення і проводиш таємні зустрічі? Звідки в тебе власний водій, який забирає твій портфель, відчиняє для тебе двері й возить тебе в довжезному лімузині?

Матільда знову всміхнулася.

– Він не мій водій! Він мій тато! Возить людей на лімузині, то його гобота. Тому ми й поїхали з Фганції. Мені пгінесли записку, щоб я знала, що він запізнюється і потім швідко повегнеться до гоботи. От і всьо.

Вона знову всміхнулася, але трохи зажурено.

Я сіла біля Матільди і взяла її за руку.

– Матільдо, ми допоможемо тобі з таємною місією.

Паризький план

Це був НАЙСЕРЙОЗНІШИЙ план у нашому житті. Бо він був пов'язаний із Францією і вимагав порушення правил. Але головне те, що на нас розраховувала Матільда. Якби мені довелося перейти до нової школи і лишити всіх друзів, я теж би сумувала. Ми просто мусили зробити все як слід.

Отож я дістала Великий Аркуш, а Джоді сказала, що візьме маркер. Вона мала на увазі маркер, який ми колись випадково вкрали у міс Джонс. Ми боялися його повертати, бо вона ще подумає, що ми вкрали його навмисно. Тому ми його ховали й пообіцяли собі користуватися цим маркером лише У НАДЗВИЧАЙНИХ ВИПАДКАХ.

Ось такий випадок і настав. І ми скористалися маркером.

– Почнімо, – сказала я. – Як можна доправити Матільду до Франції?

Три ідеї з'явилися майже відразу:

1) посадити її на корабель;

2) посадити її на літак;

3) посадити її на потяг.

Матільда сказала, що ідею з кораблем можна викреслити, бо однієї невдалої спроби їй вистачило. Потяг теж не підходив, бо там її нудить.

Я подумала, що літак – це найшвидший спосіб повернути Матільду в стару школу, і сказала про це друзям. Джоді пояснила, що для цього потрібен квиток, а в нас його нема. Ми запитали в Матільди, чи не зберігся в неї квиток з того дня, коли вона прилетіла до нас в Единбург, але та лише похитала головою.

Мейзі запропонувала взяти новий квиток. Матільда поскаржилася, що не має шотландських грошей, щоб його купити, у неї тільки євро. Я сказала, що в наших магазинах євро навряд чи приймають.

І тут я згадала про банку п'ятипенсових монет від дідуся. Там має вистачити на цілих сто авіаквитків до Франції!

Я запропонувала взяти монети й дуже зраділа, що план нарешті почав працювати.

– А як ми доберемося в аеропорт? – раптом запитав Зак. – Він геть неблизько!

А й правда. Коли я з батьками літала на Мальту, нам спершу довелося їхати до аеропорту, а тільки потім сідати на літак. Ох і довго ж ми їхали! А коли приїхали, я вже думала, що ми на Мальті.

– ТАК, СТОП! – вигукнула я.

Я згадала, що теж раніше БУВАЛА у Франції, коли мене возили в паризький

Діснейленд (Париж – це столиця Франції, якщо ви не в курсі). І мені пригадалося, що ми не їхали потягом, не летіли літаком і не пливли кораблем – ми їхали своєю машиною!

Отож я розповіла всім, що їздила до Франції на авто, і про те, як тато заїжджав прямо на такий спеціальний човен, який називався «пором». На ранок ми вже висадилися на французькому березі.

– Машини по човнах не можуть їздити, бо човни потонуть, – не повірила Джоді.

Але тут озвалася Матільда.

– Так, машини можуть добигатися у Фганцію погомом.

Джоді не могла більше сперечатися, бо Матільда – француженка й живе у Франції, тому їй краще знати.

Зак сказав, що ми зможемо запросто поїхати на авто, бо машини є в його мами і в моїх батьків теж. Тоді він запропонував попросити котрусь із наших мам відвезти нас, бо ми самі, ясна річ, кермувати не зможемо.

– НІ! – скрикнула Матільда. – Гозказувати не можна! Це ТАЄМНА МІСІЯ! Моїм батькам не можна знати!

Аж раптом Джоді ВИТРІЩИЛА очі (ніби від страху) і почала стрибати, приказуючи:

– Я ЗНАЮ, Я ЗНАЮ!

Тоді схопила маркер і намалювала великий фургон для продажу морозива.

Смачна втеча

План Джоді був просто БЕЗДОГАННИЙ! Найкращий план усіх часів та народів. Навіть кращий за план капітана Скотта з дослідження Антарктиди на санях!

Ми маємо зробити фальшиве замовлення на сто порцій морозива (із шоколадними паличками) з доставкою до Ейфелевої вежі. А тоді треба підкласти це замовлення бойфрендові мами Джоді, залізши в його фургон. І лишити там банку з п'ятипенсовими монетами як оплату.

Коли бойфренд мами Джоді побачить це замовлення, йому доведеться негайно відвезти нас у Париж, ми ж бо все оплатили. Матільду ми сховаємо серед коробок, і вона незчується, як опиниться у своїй французькій школі з друзями! Джоді просто ГЕНІЙ!

Тож після школи ми всі подалися до Джоді на чай. Її мама НЕВИМОВНО зраділа приходу Матільди – весь час сокотіла їй щось французькою і перепитувала, чи правильно вона все вимовляє. Матільда тільки всміхалася і кивала, приказуючи «ві» (тобто «так»). Коли мама Джоді нарешті пішла, ми запитали Матільду, чи сказала вона бодай щось правильно.

– Ні, – відповіла вона.

Мама Джоді зібрала нам на перекус якісь дивні наїдки, яких зазвичай не готує.

Наприклад, «Ейфелеву вежу» з овочів. Такої гидоти в Джоді вдома я ще ніколи не куштувала, але запхалася через силу. Ми ж сюди не об'їдатися прийшли, у нас таємна місія!

Потім ми сіли дивитися телевізор із мамою Джоді: треба було якось убити час до приходу її бойфренда. Коли він нарешті приїхав, мама Джоді дуже зраділа, бо він приніс їй подарунок, перев'язаний рожевим бантиком. Я подумала, що то, мабуть, коробка цукерок, і це була саме вона.

Джоді розказала, що цей бойфренд завжди приносить мамі шоколадки, квіти, а часом і парфуми. А ще він дозволяє Джоді ласувати будь-яким морозивом із його фургона (і це нереально круто!).

Мій тато теж іноді катає мене на своєму фургоні. Але він – сантехнік, тому там немає морозива й іншої смакоти, тільки якісь нецікаві інструменти. А коли десь стається УНІТАЗНА АВАРІЯ і тато їде на виклик, його фургон потім треба довго провітрювати.

Про що це я? А, точно. Джоді пересвідчилася, що ніхто не дивиться, й дістала ключі з куртки маминого бойфренда. Діставала дуже повільно, міцно стискаючи в'язку в руці, щоб ключі не забряжчали.

Мейзі від хвилювання так зчавила мені руку, що я аж ойкнула, і Джоді сердито на мене зиркнула (от чого відразу я винна?).

Потім Джоді пішла на кухню і сказала мамі, що ми всі підемо до Зака.

– Добре, – дозволила мама. – Але набери мене, коли будеш на місці.

Наші мами завжди в таких випадках змушують нас телефонувати їм, хоча ми із Джоді живемо лише за кілька будинків одна від одної.

Словом, ми попрощалися, вийшли і побігли до фургона з морозивом. Мене аж розпирало від захвату, ще трохи – і луснула б. А Мейзі, навпаки, геть зблідла: боялася, що за крадіжку фургона нас кинуть до в'язниці. Але Джоді чітко пояснила, що ми не будемо його КРАСТИ, а лише заховаємо Матільду серед коробок із шоколадними паличками. А потім відразу повернемо ключі й підемо до Зака, як і домовились.

На вулиці ми відразу побачили припаркований фургон. Джоді сказала, що піде першою і відчинить дверцята, а ми тим часом маємо стежити, щоб нас ніхто

НЕ ПОМІТИВ!

Отож ми сховалися за сміттєвим контейнером і спостерігали, як Джоді підбігає до фургона, відчиняє задні дверцята й зникає всередині.

– Плян може спгацюваті! – плеснула в долоні Матільда.

Тут Джоді виткнулася і чимось нам помахала. Морозиво «М'ятна ніжність»! Цей сигнал означав, що нам треба

БІГОМ ЗАЛАЗИТИ ДО НЕЇ!

Ми хутенько запхалися в фургон, і Джоді миттю зачинилася, щоб нас ніхто не помітив.

Я думала, що в фургоні буде непроглядна темінь, але нас чекав прохолодний присмерк – надворі ще стояв день. А як там КЛАСНО пахло! Я очей не могла відірвати від солодощів і різних сортів

морозива! Дуже кортіло посмакувати «М'ятною ніжністю» і «Баунті», але я знала, що Джоді не дозволить – ми ж не об'їдатися прийшли, у нас таємна місія.

Тому ми просто почали пересувати коробки із шоколадними паличками, щоб сховати серед них Матільду. У розпалі роботи ми раптом почули:

– ТАК ОСЬ ВИ ДЕ!

Ми заціпеніли. У замку почувся скрегіт ключа. Нас зачинили. Виходить, то про нас говорили. О боже, нас викрадають!

А це Ейфелева вежа чи круасан з повидлом?

Я чимдуж намагалася не панікувати. А це було дуже важко, тому що Мейзі зомліла і завалилася на мене, притиснувши до холодильника. І тому, що я сіла на холодну мокру бочку. І тому, що нас викрали!

– Це мої батькі! – прошепотіла Матільда. – Дізналися пго мою таємну місію!

І тут ми почули чийсь спів!

– Це БОЙФРЕНД моєї мами! – сказала Джоді.

Я подивилася на неї, а вона на мене. Ми обидві розуміли, що сталося. Ми не вийняли ключі з замка! Бойфренд мами Джоді, мабуть, почав їх шукати, кинувся до фургона і подумав, що забув їх у дверях.

А тоді ми почули, що фургон завівся і поїхав. Ми не знали куди. Ясно було тільки одне – нам не вибратися.

Коли Мейзі прийшла до тями, ми все їй розповіли. Дізнавшись, що нас викра-

ли не навмисно, а випадково, вона трохи повеселішала.

– ЧЕКАЙТЕ, – раптом пожвавилася Мейзі, – це ж ми, мабуть, їдемо у ФРАНЦІЮ, щоб доставити морозиво!

Логічно, що тут скажеш.

– Це добге, – запевнила Матільда. – Вам сподобається ФГАНЦІЯ. Ви всі можете жити в МЕНЕ!

Та ось фургон несподівано зупинився, і ми почули, як бойфренд мами Джоді вийшов. Ззовні долинав шум та голоси, але не видно було, де ми. Невдовзі ми знову почули спів, і хоч наше становище було вкрай серйозним, я ледве стримала сміх. Голос у цього бойфренда виявився високим і тремтливим, наче в якоїсь тітоньки, і це мене капець як смішило! Потім він знову сів за кермо, і ми поїхали далі. Невдовзі Джоді почула запах салату з тунцем і сказала, що до Франції ще далеко, тому що бойфренд її мами став пообідати. І я зрозуміла, що НАСПРАВДІ відбувається. Ми СПРАВДІ їдемо у Францію. Боже, це ж як моя мама біситиметься! Вона мені забороняє самій до Джоді в гості ходити, що вже казати про іншу країну! Мама такого точно не дозволить, навіть і питати не треба.

Тим часом ми їхали далі. Дорога була довгою. Першим заснув Зак, а за ним і Мейзі. Ми із Джоді й Матільдою навіть очей не склепили. Згодом фургон зупинився, і бойфренд мами Джоді кудись пішов. Схоже, ми лишилися самі.

– Ми пгібули в Пагіж! Я знаю!

Ми спробували виглянути, щоб побачити Ейфелеву вежу, та надворі було надто темно й огляд нам затуляла здоровенна наліпка з полуничним круасаном.

– У вас вийшло! Дякую! Тепер усе добге?

– Ага, – кивнула Джоді.

Але в Мейзі чомусь почалася справжня ІСТЕРИКА. Вона заверещала:

– Ні, Матільдо! Зовсім не добре! Ми застрягли у фургоні з морозивом, ніхто не знає, де ми! Ми тут, мабуть, до ранку сидітимемо, доки нас знайдуть! А до того часу ПОМРЕМО З ГОЛОДУ!

Усвідомивши, що ми в пастці, ми трохи розхвилювалися, навіть Джоді. Тоді Мейзі розревілася, бо їй не хотілося жити у Франції, а кортіло назад у Шотландію. І за мамою вона скучила. І їй хотілося в своє ліжко зі шторами, бо вже було пізно. Надворі СПРАВДІ було пізно, але ніхто з нас не знав, котра година, бо ми не мали годинників.

Потім Закові здалося, що він теж помре від ГОЛОДУ, якщо найближчим часом

нас не знайдуть. А він не хоче лишати маму саму, особливо після того, як його батьки розлучилися назавжди.

Тоді Зак заридав ще гірше за Мейзі. І я знала, що плаче він не тому, що ми застрягли в фургоні у Франції, а тому, що його тато з'їхав від них.

– Не тгеба сліз, – сказала Матільда. – Ми поїмо могозіва і пегеживемо цю ніч!

Вона взяла два ріжки й наклала туди ГОРУ морозива.

– Я згоблю вам фігмове могозіво, як у нас у Пагижі!

Матільда полила ріжки полуничною, шоколадною і банановою поливкою, а потім устромила в кожен по П'ЯТЬ шоколадних паличок!

Першу порцію вона віддала Мейзі, другу – Закові, а потім зробила ще дві для нас із Джоді. СМАКОТА! Джоді, як поїла, почала хихотіти, бо її після солодкого часто на смішок пробиває.

– А пам'ятаєте, – запитала вона, – як ми думали, що Матільда – шпигунський бос на таємній місії з викрадення скарбів?

Джоді розреготалася так, що годі було спинити. Аж полунична поливка з носа пирснула!

– А що таке шпігунський бос? – запитала Матільда. – Ви якісь навіжені!

І тут ми всі вибухнули сміхом, навіть Мейзі!

– Запіканкова шпигунка! – викрикнула Джоді і від реготу скрутилася на підлозі.

– А як це – запіканкова? – запитала Матільда.

Тоді ми розповіли про запіканковий тест, про те, що запіканка – це ГИДОТА, і про те, як усі вчителі викидають її в сміття.

– Мені здалося, що вона смачна, хіба ні? – й собі засміялася Матільда.

Від сміху в нас потекли сльози й розболілися щоки.

Матільда попросила розповісти про наші плани і про те, як ми думали, що вона доросла шпигунка й замаскована шкільна інспекторка. Вона не переставала сміятися і називати нас **НАВІЖЕНИМИ**, це звучало дуже ржачно. Ми ковтали одну порцію морозива за іншою, щоб точно не вмерти з голоду. Коли нам здалося, що мав настати ранок, Мейзі знудило. Коли Зак побачив це, його теж знудило, бо його завжди нудить, коли хтось блює.

Я подивилася на Джоді. Вона досі хихотіла, але, схоже, її теж скоро мало знудити. Це й не дивно, знаючи, скільки ми з'їли морозива і як нареготалися.

Ззовні почувся шум, і ми заволали:

— ДОПОМОЖІТЬ! МИ ЗАСТРЯГЛИ У ФУРГОНІ!

Дверцята відчинилися, і ми побачили двох полісменів.

— МИ ВРЯТОВАНІ! – закричав Зак.

Матільда затараторила французькою, але копи лише розгублено переглядалися. Я зрозуміла, що то не французькі поліцейські, а шотландські. Значить, МИ ДОСІ В ШОТЛАНДІЇ!

МОРОЗИВО

А ще я помітила, що ми знову опинилися біля будинку Джоді. Як це так, ми ж мали доїхати до самісінького Парижа!

Наступною я побачила маму Джоді. Вона плакала, як і її бойфренд – йому, мабуть, стало соромно, що він замкнув нас у фургоні. Тоді я побачила Закову маму, вона, здається, теж плакала. А потім я побачила свою маму: вона була страшенно розлючена.

Коли Матільда скрикнула: «Маман!», я зрозуміла, що її батьки теж тут.

Раптом із натовпу гукнули:

— ЯНГОЛЯТКО МОЄ!

То була мама Мейзі. Щойно вона побачила свою доню, заблькований різнокольоровим морозивом, то зомліла, і її довелося забирати на ношах.

Мої мама з татом міцно мене обійняли і сказали, що я втрапила у ВЕЛИКУ ХАЛЕПУ.

А тоді мама знову міцно мене обійняла й зацілувала.

Усі безперестанку запитували, як ми почуваємось, і я сказала, що з нами все

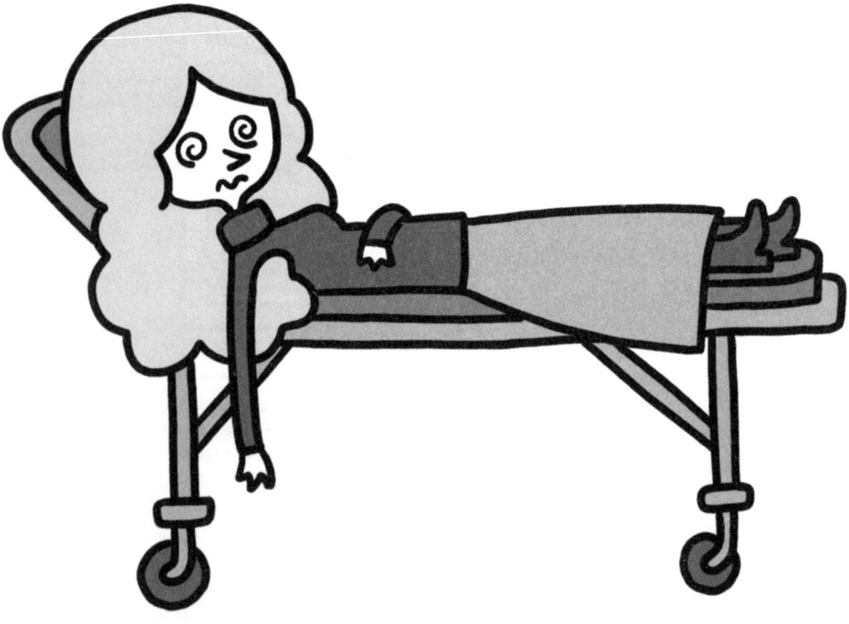

гаразд, просто від морозива трохи нудить. Я пояснила, що ми їли якомога більше, щоб за ніч не померти з голоду. Усі чогось почали реготати.

Бойфренд мами Джоді зазирнув до фургона.

– А ви добрячий бенкет із моїх запасів влаштували! Голодної смерті можете ще довго не боятися!

Усі знову зареготали, хоча я нічого смішного в тому не бачила. То вони, мабуть, від шоку.

Джоді запитала в поліцейського, чого вони ТАК ДОВГО нас шукали. І сказала, що якби **ВОНА** займалася пошуками, то знайшла б нас на десять годин раніше.

Поліцейський незадоволено скривився і розповів, що вони знайшли за сміттєвим контейнером фальшиве замовлення і банку з п'ятипенсовими монетами. Тоді ми згадали, що забули їх там і не поклали у фургон, щоб бойфренд мами Джоді помітив.

Також поліцейський сказав, що зараз тільки сьома вечора, і Джоді навряд чи впоралася б швидше за копів, бо ми зникли всього на півтори години. Джоді не повірила його словам про сьому вечора, і я теж. Коп зітхнув та показав нам годинник. Тоді ми йому повірили й пішли додому.

Нові навіжені друзі

У понеділок ми вибачилися перед Матільдою за те, що наш план провалився. І я запропонувала придумати новий.

Але Матільда сказала, що він більше не потрібен, бо вона вже не сумує за домом і їй у нас дуже подобається. Вона запитала, чи можна їй з нами в Комірку, і ми дозволили.

На великій перерві Матільда з'їла всю запіканку і віддала нам принесений із собою обід. Він виявився пречудовим, бо її тато зробив їй КУПУ бутербродів з арахісовим маслом і желе, а ще поклав три пачки маленьких шоколадних кульок, яких ми ніколи не куштували. Ох і СМАКОТА, якби ви знали!

Я дуже рада, що ми подружилися з Матільдою. Але мені й трохи сумно, бо наступного місяця вона повертається до Франції. Виявилося, що її батьки СКУЧИЛИ ЗА ДОМОМ! Прикол у тому, що Матільда тепер НЕ ХОЧЕ кидати нашу школу, бо каже, що сумуватиме за своїми НОВИМИ НАВІЖЕНИМИ ДРУЗЯМИ. Тобто за нами! А ще сумуватиме за Коміркою, за міс Джонс, за фургоном із морозивом і за запіканкою! Ми пообіцяли, що будемо відправляти їй усі свої порції поштою. А Матільда слатиме оті смачнючі шоколадні кульки, бо в нас таких не продають.

Мама Матільди сказала, що ми можемо приїжджати у Францію і гостювати в них, коли заманеться. Тож я запитала свою маму, чи можна мені поїхати.

– Ізабелло! Найближчим часом навіть не думай нікуди **РИПАТИСЬ!**

Вона, мабуть, досі сердиться за ту історію з фургоном. Нічого, я почекаю і спробую завтра відпроситися.

Ода до Енді

Книжку я до рук взяла,
А букет відклала.
З Енді під вінець пішла
Й віршик написала.

Я люблю собак, котів,
Зебр і качконосів.
А тебе — то й поготів,
Навіть більш за лосів.

Більше за хот-дог, дорблю
І сирок копчений —
Бачиш, як тебе люблю?
Будеш нареченим!

Затанцюйте, ховрашки,
Пуделі й кобили,
Заспівайте нам, пташки –
Ми ж бо одружились!

Ти мій чоловік тепер,
я — твоя дружина,
Тож смішитиму тебе,
нині й до загину!